達賴喇嘛的貓

又稱小雪獅，是來自天堂的、不受限的幸福，是美麗、珍貴的提醒，叫人要活、在、當、下。

大衛・米奇 著

各界推薦

透過貓咪的視角，作者在多重的故事中重新詮釋了尊者達賴喇嘛的智慧、慈悲與愛，佛法從來沒有如此萌過！

——自然醫學博士王佑驊

這個故事好可愛！世間裡有許多人，帶著許多問題尋找解答，當答案就簡單地擺在面前時，卻拒絕相信答案就這麼簡單。我是一位精神科醫師，同樣的答案從我嘴裡講出來時顯得殘酷，但是從貓咪的嘴裡講出來就感覺真摯、有趣。我讀過達賴喇嘛的其他著作，《達賴喇嘛的貓》將尊者的智慧趣味十足地展現在日常生活中。透過一隻貓所看到的尊者以及人世間的業力因果關係，讓我映照出自己日常中所遇到的人事物！我很樂意能夠向讀者們推薦這一本書。

——《一切都是剛剛好：台東醫生在喜馬拉雅山塔須村的義診初心》楊重源

令人驚豔！宛如達賴版的「我是貓」——透過貓咪睿智之眼，運用第一人稱視角，為我們揭示尊者達賴的日常生活。佛法與禪理融入行走坐臥之間，自在如常，觀照內心，許多深刻的人生智慧，以淺顯易懂的方式，點醒人們思考的盲點，在靈魂苦索中豁然開朗，多麼奇妙的邂逅啊，如此生動活潑的尊者之貓，開啟你內在宇宙的能量礦源。你非讀不可的一部智慧之書。

——荒野夢二書店主人 銀色快手

The Dalai Lama's Cat

DAVID MICHIE

各界推薦

談佛法，太嚴肅；由達賴喇嘛環抱手上的貓來看世事，有趣多了。嚴肅的工具書比比皆是，愜意、溫煦的小說少之又少。作者以他流暢、細膩、逗趣的文筆，極具創意地把修行的領悟暖進我們的心坎裡，霎時，「覺醒」變得如此輕易、溫暖而且理所當然。來，看看這隻尊者貓能把你帶往何處？

——《魅麗雜誌》發行人 賴佩霞

一直想去達蘭薩拉旅行。本書加倍實現我的願望，讓我變成一隻貓住在達賴喇嘛家，eat, pray, love。而且看完發現：夭壽！我家可能也是達賴喇嘛家。

——金石堂商品總監 盧郁佳

「多麼喜樂啊，能透過達賴喇嘛的貓——愛冒險的『小毛澤東』的虔誠雙眼，與尊者親密共處。本書非常迷人，娛樂性很高，將會提振、溫暖你的心。快來和達賴喇嘛的貓窩在一起吧。」

——《保持工作時的清醒》作者，正念領導人 邁克・卡羅爾（Michael Carroll）

「閱讀這個迷人的故事是種難得的享受。強烈建議先睹為快。」

——《有意識的愛與第一規則》作者 蓋伊・亨德里克斯博士（Gay Hendricks, Ph.D.）

在愛的回憶裡，我們小小仁波切，
是藍寶石寶座上的「無戲看」公主（ Princess Wussik）。

她帶給我們許多歡樂；我們很愛她。

但願本書能與她，以及眾生結緣，
讓大家都能輕鬆地、快快地、完整地開悟。

願眾生都能幸福快樂，
也都能實踐幸福快樂的真實原因；

願眾生都能遠離痛苦，
也都能實踐遠離痛苦的真實原因；

願眾生永不離開毫無痛苦的幸福快樂，
也就是涅槃——解脫——的極大喜樂；

願眾生都常有平和與平等心，免於依戀與仇視，
也免於無動於衷的冷漠。

目錄

前言

在喜馬拉雅的連綿山峰之間，一個風光明媚的早晨。我坐臥於一樓窗台上，這是我的老地方，也是可以最不費力地監控全局的最佳戰略位置。當時，尊者與這位名流的私人會面已近尾聲。

處世一向謹慎的我，絕不會輕易透露任何名流的身分；唔，我最多只能說，她是個名氣響叮噹的好萊塢女星……你也知道，就是那種金髮尤物型的；她還把兒童慈善活動幾乎全做完了；此外，她喜愛驢子這件事也是眾人皆知……呃，沒錯，是她！

就在她要轉身離去之際，她瞥了窗外一眼，群山峰頂，白雪皚皚，多麼壯麗的一片景色啊！就在那時，她首次留意到了窗邊的我。

「哦！多可愛啊！」她走上前來搔我的脖子，我回報她一個大哈欠，和前爪顫抖的拉伸動作。「我都不知道您養貓耶！」她發現新大陸似地。

人們總是愛說這樣的話，我也總是很驚訝，雖說並不是所有人都像美國人那樣，會在聲音的線條上加黑加粗。但為什麼尊者就不能養貓呢？如果「養貓」這一說法能夠正確描述尊者和我的關係的話……

事實上，觀察力超強的人早就發現尊者的生活裡果真有貓科動物存在；那是我致力於讓他隨身攜帶一些我的長毛和貓鬚的成果。你要是有那種機會，可以坐得離達賴喇嘛很近很近，近到可以細看他長袍上有些什麼，相信你一定也會發現幾縷白毛，當然也就能確認他可不是獨居呢。而且，與他分享他內在聖殿的那貓咪的確擁有無可挑剔的高貴出身，呃，呃，雖然沒有任何文件可以證明啦。

但，這個事實的確引發了英國女王（呃，英國威爾斯犬的女王）無比激動的回應；當時尊者正參訪白金漢宮，不過，這起貓毛事件全球媒體均未曾發覺，實在奇怪。

呃，請恕我離題。

這名美國女星搔完我的脖子，便抬起頭問道：「她有名字嗎？」

「哦，有啊！有很多。」尊者的臉上是謎樣般的笑容。

達賴喇嘛所說的是實情。我和許多家貓一樣，自然而然擁有許多名字；有些較常用，有些就不那麼常用。其中有一個名字是我特別不喜歡的；尊者的部屬都知道那是我最初的「法號」之一，但達賴喇嘛本人則從來沒用那個名字呼喚過我——至少不曾用過那個名字的完整版。所以，只要我還有一口氣在，我是絕不會透露那個名字的來龍去脈的。也絕不會寫在這本書裡面，我很肯定。

嗯……至少不會寫在……這裡。

「如果她能説話，」這位女星繼續説道：「我相信她也有很多智慧可以分享呢。」

於是，一顆種子就這樣埋下了……

在隨後的幾個月中，我看著尊者在寫一本新書：每天，他都花好幾個小時確認原文的解釋是否正確；也花費大量時間和精力，確認他寫出的每一個字都極盡可能地傳達了最大的意義和好處。於是，我愈來愈覺得，也許時候到了，我也該寫一本關於自己的書，以便傳達我從達賴喇嘛身上所習得的一些智慧。不只是坐在他腳邊時所學的，還有更貼近他，坐在他的膝上時所聽聞的。這本書將會道出我自己的故事……從不堪回首的恐怖命運中，我如何脱險？後來又如何成為與諾貝爾和平獎得主常相左右的伴侶？而此人同時也是全世界最偉大的精神領袖之一，還是個超會使用開罐器的老行家呢。

通常在黃昏時，若我覺得尊者已在桌前坐太久，我就會從窗台上跳下來，踱步到他工作的地方，然後用我毛茸茸的身軀磨蹭他的腳。如果他不理我，那我只好朝著他腳踝內側的嫩肉，精準又有禮貌地輕輕咬一下。這招永遠有效。

此時，達賴喇嘛便會歎口氣，把椅子往後一推，將我一把鏟進他懷裡，然後走到窗邊。他看著我藍色的大眼睛時，眼神中充滿了一種浩瀚的愛。那種讓我充滿幸福快樂的感受，似乎永不止息。

「我的小小『菩提貓薩』……」他有時會這樣喚我。這是源自於梵文「菩提薩埵」

（菩薩）（bodhisattva）的戲稱（bodhicattva）；「菩薩」在佛教中的原意是「覺者」。

我們一起凝望著岡格拉山谷（Kangra Valley）中連綿不絕的景色風光。輕柔的微風吹過打開的窗櫺，帶來松樹、橡樹和杜鵑的清香，也給予我們原始、質樸而迷人的空氣品質。觀者與被觀者之間，貓咪與喇嘛之間，黃昏的寂靜與我喉嚨深處的咕嚕聲之間，所有的「分別心」，在達賴喇嘛溫暖的懷抱中，全都溶解了。

在這種時刻，我會深深地感恩，感恩讓我有幸成為……達賴喇嘛的貓。

尊者說：「這表示我們都有能力改變自己，對不對？小毛？」

第一章

從「新德里」到「達蘭薩拉」西藏村：貧童、歷史學者、我的出生、童蒙、法號

我要感謝那頭當時正在大便的牛，他引發的事件改變了我幼小的生命。若非如此，親愛的讀者，您現在可就沒這本書看了。

畫面是新德里典型的那種雨季午後。達賴喇嘛結束了美國開示之旅，正要從英迪拉・甘地機場返家。車子行經市郊時，交通卻打了結；原來，有頭牛緩步走上公路中央，接著還在那兒大了份量可觀的牛糞。

達賴尊者就在幾輛車後頭，他靜靜凝視窗外，等待交通回復正常。在如此端坐之時，他受到路邊正上演的一齣戲所吸引。

在行人、騎腳踏車的人、攤販和乞丐眾聲喧嘩之中，有兩個衣衫襤褸的流浪兒急著要賣掉當天的戰利品。那天早上，他們偶然在暗巷裡發現了剛出生的我們躲藏在一堆麻布袋裡。他們仔細審視著，也很快就意識到眼前的我們可以賣錢。我們可不是普通的流浪貓；

一看就知道我們屬於某種高貴的貓科動物。孩子們雖然不認得喜馬拉雅貓種，但是從我們的寶藍雙眼、華麗長毛和俊俏毛色，他們便知道我們是可以換錢的商品。

把我們從母親照料的舒適小窩中抓出來後，孩子們便把我和兄弟姐妹扔進可怕的街頭騷動之中。不一會兒，比起其他手足來說，體型較大也較發達的我那兩個姐姐，就被換成了盧比。當時群眾情緒非常激昂，以至於過程中我被嚴重推擠，結果掉落在人行道上，好痛啊！還差一點就讓我慘遭摩托車輾斃。

最後，要賣掉我和哥哥這兩隻較為瘦小的貓仔時，孩子們遇上較多的困難。他們漫步街頭好幾個小時，疲憊不堪，偶而還把我們用力塞進往來車輛的窗裡。我實在太小，還不能離開母親，我瘦弱的身軀已無法支持下去。因為沒有喝奶，加上摔傷，我的體力正在急速耗弱。當孩子們終於煽動一位年長路人對我燃起一絲興趣時，我幾乎已失去知覺。那是個老人，他一直想給他孫女買隻小貓咪。

他示意把我們這兩隻剩下的小小貓放到地上，然後蹲下來仔細檢查我們。我哥哥輕輕走過路旁皺縮的泥巴地，他喵喵哀叫著要奶喝。而我則被老人從後面戳了一下。他想看看我的動作反應，但我僅僅向前一個踉蹌，踏出蹣跚歪斜的一步後，便跌進泥坑裡。

尊者所目睹的正是這一幕。

還有緊接著的下一幕。

價錢談定後，我哥哥就被交給了那個沒牙齒的老頭兒。

而我，在這兩個男孩討論如何處置我之時，早就已倒臥在髒污爛泥之中，同時其中一個男孩還不斷用大腳趾粗魯地推擠我。他們想清楚了，我是根本賣不掉的；接著就拿起被吹到附近水溝裡的舊報紙，撕下運動報導那頁，把我像一塊腐肉般隨便包起來，準備丟到最近的垃圾堆。

全身被報紙包覆的我開始呼吸困難。每一口吸氣都變得愈來愈掙扎。早已因疲勞和飢餓而衰弱的我，此時更感到體內的生命火花閃爍不定，忽隱忽現。在那種臨命終的危急時刻，死亡似乎已無可避免。

而尊者就在這緊要關頭派了他的隨從前來。他們剛剛才從美國飛回來，這位隨從身上恰好有兩張一元美鈔。他把錢遞給孩子們。他們極其興奮地蹦蹦跳跳，邊走邊盤算著這美金兌換成盧比後可以換成多少東西。

離開那頁運動新聞的死亡囚牢（那天的頭條是〈班加洛爾以九個三柱門（板球）成績

輕取拉賈斯坦〉」後，我被安置在達賴喇嘛的汽車後座歇息。過了一會兒，從路邊攤買來的牛奶滴進我的嘴裡；尊者的願力正為我的殘弱身軀喚回生命之氣。

其實這些獲救的細節我一丁點兒都不記得，但聽人們多次說起，我都會背了。我真正記得的是，我在無限溫暖的聖殿中甦醒，是自那個早晨從麻布袋窩裡被強拖出來後，我首次感到一切都不必擔心了。我環顧著四周，想要找出供應我食物和庇護的新主人，卻不意發覺自己正與達賴喇嘛四目交接。

該如何描述我發現自己出現在尊者面前的那一刻呢？

那一刻既有感受，也有想法，感覺到內心暖呼呼，而且同時深刻理解到一切都不必擔心了。正如我後來所領悟到的，那一刻似乎是你第一次知覺到你的真實本性即為無盡的愛與慈悲那樣。它一直都在那裡，達賴喇嘛看見了它，並且「反映」給你看見。他感知到你的佛性，這分不凡的揭示常常令人們感動落淚。

拿我自己的經驗來說好了。在尊者辦公室內的一張椅子上，我被裹在一片褐色的羊毛布裡，我也因而知道了另一項事實，這也是對全天下所有貓族來說最為重要的一項事實：我來到一位愛貓人士的家裡了。

與上述感覺一樣強烈的是，我也知道，某日在咖啡桌對面坐著的那位，是個較沒同情心的人。尊者回到達蘭薩拉（Dharamsala）後重新開始他接見賓客的行程，並繼續之前的承諾，接受一位英國籍客座教授的長期訪談。我可能無法告訴你他確切的姓名，只能說他是來自英國那兩所最著名的常春藤聯盟大學的其中一所。

這位歷史系教授正在進行一項「印度與西藏史」的大型專案；然而，當日，發覺自己不是達賴喇嘛關注的唯一焦點後，他似乎有點氣惱。

「流浪貓？」他提高了音量。尊者向他簡單解釋了為何我會待在他倆之間的原因時，他是這麼表示的。

「是的。」達賴喇嘛先表示肯定，聽起來他回應的倒不是教授所說的內容，而比較像是回應他說話的口氣。至於這位笑容親切的教授剛才問的，他則以他洪亮暖心的男中音回答；這也是我日後即將逐漸熟悉的聲音。

「教授，你知道嗎？這流浪貓和你有一個非常重要的共同點。」

「真是想像不到呢。」教授沉著應答。

「你的命對你而言是最重要的。」尊者說道：「對貓咪來說，也是如此。」

從接下來的沉默看來，很明顯，雖然教授博學多聞，但是從來沒有人在他面前說出這麼令人驚奇的概念。

「您肯定不是說人命和貓命是有同等價值的吧？」教授壯起膽子挑戰看看。

「我們身為人類的確有較大的潛能，這是當然的；」尊者回答道：「但是，我們和動物一樣，都非常希望能活下去，我們也都堅持著自己獨特的意識經驗，這點，人類和動物是相等的。」

「好吧，也許有一些較為複雜的哺乳類動物……」教授正和萬分困擾他的觀念奮戰著。

「可是，並不是所有動物都這樣啊。我是說，呃，譬如說，蟑螂就不是啊。」

「蟑螂也是，」尊者這麼說時，毫無退卻之意。「只要是有意識的生命體，都包括在內。」

「但是蟑螂沾滿髒污，傳播疾病。我們得用滅蟑噴霧劑對付他們。」

尊者站起身來，走到書桌邊，彎腰拿起一個大火柴盒。「自製蟑螂屋，」他說：「這要比滅蟑噴霧劑好得太多了。我確定喔，」他邊說著，邊發出他的招牌笑聲。「你也不想被一支巨大的毒氣噴霧劑追著逃命吧。」

教授默默承認了這個不言而喻，卻不同凡響的智慧。

「對我們所有這些擁有意識的生命體而言，」達賴喇嘛走回座位，「**我們的生命都是非常非常寶貴的。因此，我們必須盡力保護一切有知覺、有感情的衆生。而且，我們必須承認人類和其他生命體一樣，都有兩個基本願望：享受快樂，避免受苦。**」

這點我經常聽到；達賴喇嘛以數不盡的方式，不斷重複這些主題。只不過，他說起這些論點時，總是條理清楚，深具影響力，每一次都像是第一次陳述。

「我們都有這兩個願望。而且，我們企圖『追尋快樂、避免不適』的方法也是相同的。我們當中有誰會不喜歡享用一頓美味大餐？有誰會不想要睡在一張安全舒適的床上？作家、比丘，或流浪貓也好，在那一點上我們都是一樣的。」

在咖啡桌的對面，歷史教授在他的椅子上動來動去，坐不安穩似的。

「最重要的是，」達賴喇嘛彎下腰來，邊以食指撫弄著我邊說道：「**我們衆生都想要被愛。**」

黃昏，教授在離去之前，除了他所錄製的達賴喇嘛對印藏史的看法之外，還有更多的收穫可以回去好好想想。尊者的話很有挑戰性，甚至可說是，正面出擊。不過，這件事情的結局可不是如此簡單的……我們後續再來瞧瞧。

隨後幾天，很快地我便熟悉了新環境。尊者用舊羊毛長袍給我做了個舒適的窩。每一天打從太陽升起，落在他的房裡的光線就變換著，灑在我們身上。他和他的兩個行政助理溫柔待我，餵我喝溫熱牛奶，直到我體力回復，開始吃固體食物。

我也開始探索。首先是達賴喇嘛的私人臥房，然後是外頭遠遠的那間辦公室，以及與之相鄰的行政助理辦公室。坐在最靠近門口的那位年輕比丘是「邱俠」（Chogyal）。他有圓滾滾的身形，柔軟的手，總是笑臉迎人。他協助尊者處理廟方事務。年紀較長、身材較高那位坐在邱俠對面，名叫「丹增」（Tenzin）。他穿著整潔俐落的西裝，手上總是散發著石碳酸皂那種潔淨的味道。他是位專業外交官，也是文化參贊，協助達賴喇嘛處理社經事務。

我第一天到辦公室時走路還搖搖晃晃，也讓他們突然中斷了原先的對話。

「這是？」丹增想要知道我是打哪兒來的。

邱俠輕輕笑著把我托了起來，放在他的辦公桌上，我馬上就看中必克筆（Bic）的湛藍色筆頭。「達賴喇嘛要離開德里市區時救了她。」邱俠說道，我在桌上四處把玩著必克筆筆頭時，他就把隨從說的故事又說了一遍。

「為什麼她走路這麼奇怪？」丹增想知道原因。

「顯然她摔過，傷到背了。」

「嗯。」丹增的聲音聽起來有不肯定之處，他俯身向前，仔細查看了我一番。「也許是營養不良。是隻小小貓。為她取名了沒？」

「還沒，」邱俠說道，然後和我在桌上來回頂著那截塑膠筆套，玩了幾回合後，他大叫道：「我們得給她取個名字！」他似乎相當熱衷於這個挑戰。「給她一個法號吧。你覺得呢——藏語或英語的法號？」（在佛教，成為比丘或比丘尼時會被授與法號，象徵新的身分。）

邱俠提了幾個法號，然後丹增說：「這件事最好別硬來。相信在更瞭解她之後，答案自會浮現。」

一如往常，丹增的忠告既明智，也應驗了，雖然這事情的結果，對我而言可說是不幸的。我繼續在邱俠的辦公桌上追逐著筆套。就在要跨界到丹增的辦公桌之前，他抓住我蓬鬆的小小身體，把我放到地毯上。

「妳最好待在那裡，」他說：「我這兒有一封尊者寫給教皇的信，我們可不想讓信上都是貓爪子印啊。」

邱俠笑著說：「由尊者貓（HHC, His Holiness' Cat）代表簽名。」

「尊者貓！」丹增快速地再說了一遍。在正式信函中，尊者達賴喇嘛常常用英文縮寫 HHDL（His Holiness Dalai Lama）作為簽名。「我們找到適合她的法號之前就暫時這麼稱呼她吧。」

行政助理辦公室的另一邊對著走廊，經過更多的辦公室後，會走到一扇緊閉的大門。我在行政助理辦公室時曾聽說過這扇門可以通往許多地方，像是樓下啦，外面啦，廟啦，甚至是國外。尊者所有的訪客也都是經由這扇門來來去去。打開這扇門就是一個嶄新的世界。但剛來時，我還只是隻小小貓，我倒是十分滿足於待在門的這一邊就好。

因為我的出生地是在某個後巷，所以一開始我並不瞭解人類生活的常態，也不知道我的新環境有多麼不尋常。尊者每日清晨三點起床，然後打坐五個小時。我就跟著他，在他身邊蜷縮成一個緊實的結，沉醉在他的熱度和能量之中。我那時還以為所有人類每天都要早起打坐的咧。

訪客來見尊者時，我看到他們總是呈給他白布巾，或稱「卡達」（kata），尊者加持過後便又還給他們。我也以為所有人類都是這樣子接待客人的。我還注意到，很多來拜見尊者的人都是從很遠很遠的地方來的；這點，我也以為很普通。

有一天，邱俠把我抱起來，搔我的脖子。「妳很好奇那些人是誰，對吧？」他順著我的眼光看到行政助理辦公室牆上許多加框的照片後，如此問道。他指著一些照片說：「這幾位是美國的前八任總統，這些是他們與尊者會晤的合照。尊者是非常特殊的人物，妳知道嗎？」

我知道他的確很特殊，因為他總是會在牛奶送到我嘴邊之前，確認夠熱，但又不會太熱。

「他是全世界最偉大的精神領袖之一喔，」邱俠接著說：「我們相信他是活佛。妳一定是和他有極深的因緣。要是能瞭解其中因緣，一定非常有趣呢。」

幾天後，我自己走到長廊，走進達賴喇嘛的助理們休息的小廚房，他們會在這裡吃飯、泡茶，放鬆一下。有幾位比丘坐在沙發上觀看尊者最近的美國之行的新聞畫面。他們早就知道我是誰了。事實上，我被封為他們的辦公室吉祥物呢。我跳上了其中一位的膝蓋，並允許他在我看電視時撫摸我。

一開始，我所看到的就只有一大群人圍著正中央一個小紅點，但尊者的聲音可以清晰聽到。隨著影片播放，我才逐漸明瞭那紅點正是尊者本人，他在一個巨大的室內運動場的中央。這是他去到所有城市都會一再重複出現的畫面，從紐約到舊金山都是這樣。記者旁白說，從尊者每到一個城市都有巨大人潮來拜見這點顯示，他要比許多搖滾歌手更有人氣呢。

一點一滴，我慢慢了解到達賴喇嘛有多了不起，有多受人尊敬。

或許是因為邱俠說過我和尊者「有很深的因緣」。從某個時候起，我開始相信我一定也是個相當特殊的人物。畢竟，我是尊者親自從新德里貧民窟救出來的。他在我身上看到了與他相通的精神能量嗎？我有著和他一樣的靈性能量波長嗎？

當我聽見尊者告訴訪客「愛與慈悲」的重要時，我便心滿意足地發出咕嚕嚕聲，因為我也是這麼想的。他打開我的「湯姆快吃」罐頭晚餐時，「眾生都想要滿足相同的基本需要」這點，對他很明顯，對我也一樣明顯。餐後，他撫摸我鼓鼓的肚子時，「**我們每一個人真的都只想要被愛**」，他說得真對，這點也同樣明顯。

最近大家議論紛紛的是，尊者訪問澳洲和紐西蘭的三週行程會怎樣安排呢？在這次的旅行和許多規劃好的其他行程中，我應該留守在達賴喇嘛的居所，或者另覓住處會比較好呢？

新家？這兩個字我光用想的，就要瘋了！我是尊者貓耶！而且已快速竄升為本行館最重要的吉祥物呢。除了達賴喇嘛，我可沒考慮過和誰同住。而且，我很珍惜我每天的例行公事呢，像是尊者和訪客說話時，我可以在窗台上做做日光浴，或者享用他或助理端給我的一碟美味食物，又或者和丹增一起聆聽午間音樂會。

雖然尊者的這位文化參贊是一位藏民，但他可是英國牛津大學的畢業生。丹增二十出頭歲時在那兒就讀，所以他的一切都培養出濃濃的歐洲味兒。每到午餐時刻，除非有異常緊迫的業務要處理，否則丹增會從他的辦公桌站起來，拿出妻子為他準備好的午餐塑膠盒，走到走廊上的急救室。急救室內有單人床、藥櫃、扶手椅，卻很少發揮原有的急救功能。對了，還有丹增的手提式音響。某日出於好奇，我跟著他進了急救室，我看著他在扶手椅上坐好，按下音響遙控器的按鈕。霎時，房間裡充滿了音樂。他閉上雙眼，頭就靠在椅背上，嘴唇出現微笑線條。

「尊者貓，這是巴哈的C大調前奏曲。」在這首短鋼琴曲結束後他這樣對我說道。我甚至未能感知，他早已知道我和他一起在急救室了。「這不是很棒嗎？我的最愛之一。那麼單純……只有單一旋律，沒有和聲，卻傳送出深切的情感！」

結果那天成了我每日必向丹增學習音樂和西方文化課程的開學日。他真心歡迎我的陪伴，並與我分享他喜歡的這個歌劇唱腔，或那個弦樂四重奏，或有時候換一下口味，聽點收音機裡的歷史歌劇。

他吃著午餐盒裡的食物時，我就蜷縮在急救床上，因為只有我們倆，他也就隨我自由。就在每日一次一小時的午餐時間，我開始養成對音樂和西方文化的欣賞力。

然後，有一天，出了點意外。尊者去了廟那邊，但大門卻沒被關上。那時我早已成為一隻勇於冒險的少女貓，不再滿足於把所有時間都耗在羊毛被裡了。為了尋求刺激，我沿著走廊輕手躡腳地往外走。一看到半開的門，我知道我得通過它來探索遠處的許多地方。

樓下啦、外面啦、國外啦。

雖然腳步不穩，我還是走下了兩個階梯。真是感謝地毯，在我的驕傲控制不了的急昇時，讓我顏面盡失地一屁股跌坐下來。我自己站起身來，繼續走過一個小門廊，就到外面啦。

自從在新德里貧民窟被抓走後，這是我第一次走在外面的世界。四面八方都是走路的人們，有一種喧鬧，一種能量感。我還沒走多遠就聽到一陣高分貝的集體尖叫聲，接著是好多踩踏在人行道上的腳步聲。原來是有個日本女學生的旅行團，她們一見到我就狂追不捨。

我慌了。我用我那不穩的後腿盡量跑開，蹣跚地遠離尖叫的女生群。但還是可以聽見她們逐步進逼。我是不可能跑贏她們的。她們的皮鞋重踏路面的響聲，在我聽來，是陣陣驚雷啊！

然後我瞥見某處陽台下磚柱間的小縫，這是通往建築物下方的一個孔洞。時間有限，我還是把自己狠狠地擠了進去。然而，我不知道這個洞通往何處。但把自己塞進去後，便發現方才的大混亂嘎然而止。我發現自己落在路面和木板之間一個蠻大的爬行空間裡。這裡又暗又髒，頭上方不斷傳來的腳步聲，也有如擊鼓般沉重。但至少我很安全。我心想我得在這裡待多長時間，那些日本女生才會離開啊。我撥開臉上的蜘蛛網，決定不要冒再次受攻擊的風險。

我的眼睛和耳朵逐漸適應了周圍的環境，同時卻感知到一些刮擦聲——時有時無，但那啃蝕的堅持卻又一直都在。我暫停一切動作，鼻孔張開，在空氣中搜尋著。門牙格格囓咬的聲音伴隨著一股辛辣味兒，令我的鬍鬚張揚起來。我的反應是一種及時又強大的自然反射動作，我甚至不知道我擁有這種力量。

話說我雖從未見過老鼠，卻能馬上認出他是我的獵物。他抓著磚塊，頭部有一半埋在木樑裡，看來他正用大門牙在木頭上鑿洞。

我悄聲前行，上方的地面不斷傳來的腳步聲掩護了我的偷襲行動。本能勝出。我一記右勾拳便讓這隻齧齒動物失去平衡，跌落在木板上。他躺在那兒，目瞪口呆。我俯身下探，牙齒沒入他的頸項，直到他的身體變得癱軟無力。

我明確知道下一步必須怎麼做。嘴裡咬著到手的獵物，我放輕腳步回到磚牆與柱子之間的小洞口，探視人行道的狀況，確定沒有日本學生後，我匆匆走過人行道，回到建築物裡面。我快速通過門廊，跳上階梯，來到大門，卻發現門扉緊閉！

什麼？我坐在那裡好一會兒，一直在想到底要等多久，直到有個工作人員到達。他認得我，卻沒注意到我嘴裡的獎盃就讓我進了門。我輕步走過長廊和角落。因為達賴喇嘛仍在廟裡，我便走到行政助理辦公室，放下嘴裡的老鼠，急切地喵嗚一聲宣布我光榮的凱旋歸來。邱俠和丹增一聽我的口氣不尋常，便同時轉過身來。我驕傲地站在地毯上，他們一看到我身旁的老鼠，都驚呆了。

他倆的反應不如我所預期。他們敏銳地交換一下眼神，就從各自的座位衝出來。邱俠把我抱起，丹增則跪在一動也不動的鼠屍身旁查看。

「還有呼吸，」他說：「也許只是驚嚇過度。」

「印表機附件盒。」邱俠說道，指示丹增去拿剛剛取出新墨水匣的空紙箱。丹增拿著個舊信封當作清潔刷，然後把老鼠放到這個空盒裡。他仔細查看著。

「你說，牠……是從哪……」

「這傢伙鬍鬚上面有蜘蛛網。」邱俠轉頭看向我。

這傢伙？牠?!這是對尊者貓該有的稱呼嗎？

接著，達賴喇嘛的司機也進了辦公室。丹增交給他紙盒時說，這隻老鼠需要照顧一下，復元後再把他送到附近樹林放生。

「尊者貓一定是跑出去了。」司機說道，雙眼迎向我寶藍色瞳孔的凝視。

邱俠還抱著我，但已不是平常那種關愛的擁抱了，而是像要拉住野蠻的禽獸一般。

「尊者貓……。我不肯定這個尊稱的正當性了。」他說。

「那只是個臨時稱呼，」丹增邊走回座位，邊表示同意地說：「但是，若稱她為『尊者捕鼠貓』似乎也不恰當哩。」

邱俠把我放回地毯上。

「她的法號用『貓煞』怎麼樣？」司機也來湊熱鬧。但是，因為他的西藏口音很重，以至於聽起來像「毛啥」。

這三個男人此時一心只想著我。但他們的對話卻已轉向，充滿了足以讓我抱憾終生的危險。

邱俠說：「不能只是『貓煞』啊。一定要什麼貓煞，或是貓煞什麼的啊。」

「鼠洞貓煞？」丹增出著主意。

「貓煞鼠洞？」邱俠也建議道。

在司機説出接下來的話之前有一小段靜默。然後他突然説：「毛啥洞，好不好啊？毛澤東，啊？」他建議道。

這三名男子就此爆聲大笑，還邊低下頭來看著我小小的毛茸茸身軀。

丹增直視著我，假裝嚴肅起來。他説：「慈悲是很好。但你覺得尊者會和『貓煞東』共處一室嗎？」

「或者，你覺得尊者會在他出訪澳洲期間讓『貓煞東』當家三個禮拜嗎？」邱俠若有所思地説道。緊接著，他們三個再度笑得東倒西歪。

我起身，大步走出房間，耳朵緊緊後貼，尾巴大幅下垂。

隨後幾個小時內，我坐在尊者房間窗台的寧靜陽光下，開始覺悟到自己犯了什麼罪過。我幼年的歲月幾乎都在聆聽達賴喇嘛談生命對一切眾生的重要，猶如我們的生命對我們自己有多麼重要。然而，當我第一次也是僅有的一次行走江湖時，又能真正留意這個重點多少呢？

至於眾生都希望「得到快樂、避免痛苦」的真理，我在追蹤那隻老鼠時竟然想都沒想過……我只是讓本能接管了一切，我完全沒有從老鼠的角度來反觀我自己的行為。

我開始覺悟到，簡單的道理不一定容易遵循。除非我親身實踐，否則對冠冕堂皇的原則發出咕嚕咕嚕的聲音大表贊同也不代表什麼。

我想知道他們是否會告訴尊者我的「新法號」，嚴酷地提醒著我，因年幼無知所犯下的最大錯誤。而他聽到我的所作所為後，會震驚到將我永遠逐出這美麗的避風港嗎？

我真是走運，那隻老鼠後來甦醒過來了。而尊者回來後，緊接著又有一連串的會議要參加。

那天直到很晚了，他才提起這件事。他坐在床上閱讀了好一會兒之後，闔上書，拿下眼鏡，放在床頭櫃上。

「他們告訴我妳今天所做的事了，」他對著在一旁打盹的我喃喃說道。**「有時候，我們的本能反應、我們受制約的負面反應，那力量可說是壓倒性的強大。之後我們會非常懊悔自己所做的事。但是，這並不是說要放棄自己。諸佛，他們不曾放棄你啊。所以，要從錯誤中學習，要繼續前進。就這樣吧。」**

他關掉床頭燈，在黑暗中我們倆各自平躺著，我輕聲地、咕嚕嚕地表示我知道嘍。

他說：「明天，我們重新開始吧。」

第二天，尊者正在瀏覽他的行政助理每天早上從幾大落的郵件中為他過濾出來的幾封較重要的郵件。

他拿起英國籍教授寄來的一封信和一本書，然後轉頭對邱俠說：「非常好。」

「是的，尊者。」邱俠邊表示同意，邊研究著新書光亮的封面。

「我說的不是書，」尊者說：「是這封信。」

「哦？」

「教授說，他把我們那天的談話好好想了想之後，現在已經不使用餌去誘殺玫瑰花上的蝸牛了。而且，現在都把蝸牛放到花園牆上呢。」

「太棒了！」邱俠微笑道。

達賴喇嘛直視著我。「我們好喜歡和他見面，對不對？」還記得當時我認為這教授好沒悟性。但想想我自己昨天幹的事，我又怎能隨意論斷他人？

「這表示我們都有能力改變自己，對不對？小毛？」尊者說道。

尊者說：「這證明了我們快樂或不快樂，不是生活環境使然，而是我們看待事物的眼光……得到快樂最好的方法是帶給別人快樂。」

第二章

自建牢籠及很棒的矛盾：春喜太太、格西學位資格考、阿尼拉解放監獄、單身的快樂

我們貓族即使一天之中有大半時間都在慵懶地打瞌睡，但主人若能帶頭忙乎一番，我們還是很高興的。不過，可不要鬧哄哄，或侵入式的那種，而是，在我們願意醒著的時候，積極度也要剛剛好那樣地招呼、招呼我們。

要不，您想想，為什麼貓兒大多會有一個「我的最愛」看戲雅座，就在某個窗台、陽台、門柱，或碗櫃上的一個精選角落？親愛的讀者，您還沒意識到嗎？您，就是我們的娛樂節目啊。

在達賴喇嘛所在的寺院，也就是大昭寺（Jokhang），生活非常愜意的原因之一正是：時時都有好戲可看。

每日清晨五點以前，尊勝寺（Namgyal Monastery）的喇嘛們會前來集合做晨間靜坐，他們的涼鞋踩踏在走道上的聲響喚醒了大昭寺廟區。此時，尊者和我通常都已打坐兩

個小時有了。但我一感知到外頭的動靜，便會起身，把前腿往前極度伸展開來，也會在地毯上抓個幾下當作是熱身運動，然後才朝著窗台上「我的最愛」看戲雅座走去。從這個角度，我可以看到那些撫慰我心的全天候節目一再重播，因為寺院生活幾乎每天都是一樣的。

這裡的一切始於寺院和喇嘛住所內的燈光一盞盞地被點亮，彷彿地平線上一個個金色方形窗格的閃耀生機逐漸開展。夏季，清晨微風載著紫色香雲，隨著黎明祝禱聲，吹過開放的窗櫺。之後，天空才開始在東方放光。

在上午九點喇嘛們從寺中湧出之前，尊者和我通常已用完早膳，他也早已在辦公桌前坐定。他聽取顧問們的晨間簡報時，廟裡的喇嘛也正進行著井然有序的平日修煉，包括背誦經文、哲理課程、戶外辯經、靜坐。這些日常活動之間安排有兩次用餐，並於晚間十點全部結束。

之後，年輕的喇嘛會回家繼續背誦經文直到午夜。對較年長的喇嘛要求則較高，他們經常要讀經或辯經到凌晨一兩點。夜間完全沒有活動的期間僅有數小時。

尊者辦公室的接待廳則不斷有訪客拜見；有國際級的政治家、名人、慈善家，還有那些鮮為人知卻更為有趣的人物，好比為尊者提供預言的「乃瓊護法」（Nechung Oracle）。乃瓊護法是西藏的傳統巫師，也是介於物質界和精神界的靈媒。早在一九四七年，他便警告過西藏與中國的危機，也不斷協助尊者做出重要決定。有時候在繁複的儀式中，乃瓊護法會進入被誘發的神靈附身狀態，並提供預言和忠告。

你可能會以為在這種精進又舒適的環境裡，我會是那種「拉過大提琴的、最快樂的貓」。呃，這是我們貓族的俚語說法，用來指稱我們養生最敏感的那個部分，也就是私密地帶的保養還不錯。但是，天啊，親愛的讀者，與達賴喇嘛一起生活那頭幾個月，可真不是你以為的那樣啊。

或許是因為近來我回憶起一窩有三隻貓仔兄姐是什麼感覺。又或許是因為太久沒有接觸其他天生就有毛皮和鬍鬚的同胞。然而，無論原因是什麼，我都感到非常非常孤單。不僅如此，我也漸漸相信唯有得到另一隻貓的陪伴，我的幸福才會完整。

這事，達賴喇嘛是知道的。從他第一次在車裡非常溫柔慈悲地救活我，頭幾個星期也親手照料我開始，他就一直注意著我的身心健康。

這就是為什麼，他會在那次去廟裡的途中，一瞧見我便對隨同的邱俠說：「也許『小雪獅』也想和我們一起去呢？」那是在「毛澤東事件」不久後的某日；那時，我在走道上遊蕩，滿臉失落，完全不知道該怎麼辦好？

雪獅？這名字我喜歡。他把我抱到他罩著長袍的懷中時，我咕嚕嚕地大表贊許。**西藏人認為雪獅是來自天堂的動物，代表不受限的幸福，是極美、活力充沛、令人喜悅的動**

物。

「今天可是個大日子呢，」步下階梯時尊者告訴我說：「首先我們要去廟裡看看會考狀況。然後春喜太太會來為今天的訪客準備午餐。妳很喜歡她，是吧？」

才不是喜歡咧。是熱愛！熱愛！我熱愛著春喜太太。要更精確點說的話，應該說：「我非常熱愛春喜太太為我特製的雞肝丁兒。」

每當因特殊場合或權貴來訪而需要外燴服務時，我們都找春喜太太。二十多年前，達賴喇嘛辦公室為梵蒂岡的高階代表團籌辦宴會期間，找到了在本地寡居的義大利籍春喜太太。這位烹飪天才輕輕鬆鬆領先之前幾位餐飲界名廚，並很快被任命為達賴喇嘛最喜愛的料理達人。

春喜太太是個五十多歲的優雅女性，嗜好是穿戴美麗服飾和奢華珠寶。每次她來，都像有一陣旋風掃進大昭寺，激盪出眾生體內中樞神經的興奮波動。她一抵達廚房，便即時掌控現場，拉進在場的所有人，不只是廚房幫手喔，是所有人進入她的旋風圈。她初期來幫忙時，有一次還命令偶然經過廚房的下密院（Gyume Tantric College）住持喇嘛進廚房，還把圍裙套上人家脖子，轉瞬間就安頓好一切讓他切起胡蘿蔔片兒。

春喜太太不瞭什麼禮數，也不許別人有異議。靈修上的進步和準備一個八人份餐會對她而言是沒有什麼正相關的。她有如歌劇人物般熱烈的性情與大多數平靜謙卑的喇嘛正好相反；但是，她的活潑，她的強烈，她的熱情裡，有種東西讓大夥兒還真覺得她……特逗。

我們愛她慷慨的心量。她在準備尊者的膳食之餘，總會在爐子上留一鍋色香味俱全的燉鍋美食給工作人員，更別提那些留在冰箱裡的蘋果餡餅、巧克力蛋糕，還有其它天堂般的甜點了。

她第一次見到我，就封我為「創世紀以來最美生物」。而且，自那天起，她每一次進達賴喇嘛的廚房，都少不了從那些購物袋裡的食材為我特製一些可口多汁的精緻美食。她也會將我放在檯面上，讓我大啖一碟野菜雞湯、土耳其砂鍋或菲力牛排。而在我忘情地大聲嘖嘖享用之際，她會仔細地盯著我瞧。她那雙琥珀色、上了睫毛膏的眼睛迷醉朦朧，好像就快要暈過去似的。所以，當邱俠抱著我走過前院往廟裡去時，我憶念的就是這些情景。

我從沒進過廟門，也想不出我第一次進廟還有什麼會比做尊者的隨行人員更好的辦法了。廟裡真是太棒了，光線充足，挑高設計，神祇的形象躍然於繡工華麗的絲綢垂掛於牆面，同樣如瀑布般宣泄而下的還有那些色彩豐富的勝利旗幟。還有許多大佛像，成排發亮的黃銅碗就擺在祂們面前，碗裡頭裝的全是獻給祂們的食物、熏香、鮮花和香氛。數百名喇嘛坐在墊上，靜候考試開始，眾人低語的嗡嗡聲即使在達賴喇嘛抵達後仍然持續著。通常尊者會從廟的前門正式進入，在眾人敬畏的噤聲中登上教席。但今天他從廟的後方進入，似乎不想把焦點引到自身，不想讓正要接受測驗的學生們分散注意力。

每年，新進的比丘必須爭取名額有限的「格西」（Geshe）學位的就學資格。「格西」是藏傳佛教中的最高學位，在許多方面都可說是博士學位，但格西學位需要十二年才能拿到。取得資格包括完整無誤地背誦核心經文，並具備能力以分析、辯證哲學上的細微差別，還有就是無數的靜坐練習。為時十二年的課程期間，大多要求格西學生按照嚴謹的學習計畫，每天讀書二十個小時。儘管要求極高，但總是有很多人要來爭取這些有限的名額。

今天有四位學生前來應考。按照傳統做法，一開始他們要站在尊勝寺廣大的僧眾面前回答主考官的提問，這樣的場面真夠嚇人，卻也不失為公開、透明的做法。對年輕人而言，觀看這樣的考試程序也是很好的見習，因為將來有一天他們也會站到僧眾面前接受檢定。

我們在最後一排坐下，我就坐在邱俠的大腿上，達賴喇嘛也在一旁。我們看到一對不丹兄弟、一個藏族男孩、一個法國學生的臨場機智反應。他們把握機會表現，回答了一些關於業報、真實本性等問題。不丹兄弟的回答算是正確的，卻流於死記硬背；藏族男孩甚至能從指定教本直接引述；法國學生的回答則較深較廣，顯示出他不只學到概念，也的確理解領會。整個過程，達賴喇嘛的臉上總是保持溫暖的微笑。

接下來，則是與幾位高階喇嘛辯經。他們以兩難的論點測試考生。結果，類似的模式再度出現。不丹兄弟和藏族學生都是三句不離教本的標準答案，但法國男孩卻能以更具爭議性的自創論點加以反駁，而且聽起來好玩又有趣。

最後一場考試是經文背誦。喜馬拉雅山區的學生們毫無瑕疵地流利背誦著。奇怪的是，法國學生被要求背誦佛教最為知名的經典之一《心經》時，一開始聲音還算清晰有力，但是背到一半卻不知怎地支支吾吾起來。他的無言為時頗長，始終充滿困惑，好像有人低聲提示，他也的確企圖重振聲勢，但自信心仍嫌不足，終至崩盤。他轉身向主考官聳聳肩表示歉意。他們便示意他回座。

過了一會兒，主考官宣布考試結果：不丹和藏族學生通過考試，得到研讀格西學位的資格。只有那位法國男孩落榜。

一聽到宣布時，我可以感知達賴喇嘛心裡的難過。主考官的決定不可違逆，但是即便如此……

「西方人的學習方式較不注重死記硬背。」邱俠對著尊者喃喃說道。尊者點點頭表示同意，接著他要邱俠照顧我，並命人將那位滿臉失望的法國學生帶到後殿的私人會客室。在那兒，他告訴這個年輕人說整場考試他一直都在。

誰能說得清他們倆那一天的對話呢？但幾分鐘後，法國學生要回去之前，看起來好欣慰，也好高興自己受到了達賴喇嘛的關注。我逐漸得知尊者有種非常特殊的能力，可以引導個人達到他們的最大潛能，那種會帶來極大幸福，並且是有益於自己與他人的潛能。

「我偶而聽見人們談論佛教的未來，似乎很喪氣呢，」在稍後的回程中，尊者對邱俠這麼說。「多希望今天他們可以來這試場，能夠體驗到我們今天所看到的東西。新進的人才這麼多，這麼投入，這麼有才華。只願我們這兒有適合他們所有人的位置。」

我們回到居所之前，春喜太太早已坐鎮在廚房裡了。我一回來就直接走進廚房。尊者帶我去廟裡參觀，化解我的寂寞。此刻春喜太太則繼續提供我娛樂。她穿著翡翠綠洋裝，戴著黃金耳環，雙手一動，手臂上搭配的手鐲便叮咚作響，真是好聽。她這次來，原先的黑長髮似乎染有紅暈。

春喜太太過的日子是不太遵循大昭寺的永久居民那種規律的，今天當然也不例外。眼前的危機是由凌晨兩點那場停電引起的。春喜太太睡前已經調好烤箱預設的低溫，打算靜置過夜；所以她上床時一心相信著，醒來後烤箱裡自會有酥酥的蛋白霜蛋糕底座。可她醒來後看到的卻是無法挽救的溼黏不明物體，而尊者的重要貴賓再七個小時就要抵達了。

廚房突然間掀起瘋狂的打蛋潮，趕製蛋白霜蛋糕，甚至還不惜冒險增高烤箱溫度，精心計劃著得在下午一點之前將餅皮專人快遞送到大昭寺，就在春喜太太送上主菜，尚未上甜點之前的關鍵時刻。

「準備另一種甜點不是比較容易嗎？」丹增一看到這樣的劇情，就做了如此危險的建議。「或者做簡單一點的東西就好嘛，像……」

「她是澳洲人耶，一定要帕芙洛娃（Pavlova）啦！」春喜太太把不銹鋼鍋鏟哐噹一聲扔入水槽裡。她習慣依照客人的國籍準備一道甜點，今天也不例外。

「澳式千層雙茄起司（Melanzane Parmigiana）怎樣？」

沒反應。

丹增後退一步，但仍不放棄：「那法式五香蔬菜燉肉呢？」

沒反應。

「呃，呃，我只是隨口說說……隨口……」丹增知難而退了。

「嗯，那就別說了！噓！給我安靜點！我沒時間聽你說啦！」

貴為尊者的文化參贊也只好先做策略性撤退。

春喜太太儘管個性鮮明，動作又大，但她的廚藝了得，穩居美食冠軍。她的帕芙洛娃完全嘗不出來是誕生於兵荒馬亂的停電危機之中；除了有完美的蛋白霜底座，上頭還有同樣完美的一塊塊蛋白霜脆餅、各色閃亮亮的水果和鬆軟綿密的奶油。

春喜太太當然也沒忘記我這個「創世紀以來最美生物」。她用剩下的牛肉砂鍋款待我，不僅好吃，份量又足，以至於吃完後，我不得不喵個幾聲讓人把我從廚房檯面上放下來。因為，我實在飽到沒辦法自己跳下來（羞）。

我在春喜太太戴滿珠寶的手指間舔了好幾下，以示激賞。之後，我搖搖擺擺走過會客室；達賴喇嘛正和客人啜著茶呢。當日的午餐貴賓是羅賓娜．果汀．尊者（Venerable Robina Courtin）阿尼拉（此為音譯，意思是密宗女修行人），她奉獻自己成立了「解放監獄計畫」，幫助受刑人恢復正常生活。當我步入室內，朝著我最喜愛的羊毛地毯走去，要接續進行我餐後的重要儀式——搓臉時，他們正聊到美國的監獄現況。

「情況變化很大呢，」阿尼拉說：「有些監獄會把受刑人關在小房間裡一整天，沒有自然光線，感覺好像地下室的牢籠。我們得坐在鐵門的一端，和另一端的受刑人透過鐵門上的一個小洞談話。諸如此類的情況，讓受刑人出獄後身心康復的希望渺茫。」

「但是也有許多監獄，」她繼續說道：「會比較聚焦在受刑人身上，態度也比較積極，會訓練受刑人，並激勵他們改善自己。雖然還是免不了有監獄的氛圍，但是房門可以打開的時間較長，也有運動和娛樂項目，像是看電視、用電腦、上圖書館。」

她停頓了一會兒，然後笑著說她想起一件事。「在佛羅里達州教靜坐時，我和一群無期徒刑的受刑人很熟。其中一位問我說：『妳們在阿尼拉的修院，一整天都在做些什麼呢？』」

她聳聳肩。「我就告訴他說，我們都清晨五點起床，接著就是第一場靜坐。啊，對他而言，那是不可思議的早呢！因為就算監獄裡有早點名，也要悠閒地等到上午七點啊。我接著解釋說我們一天的活動從清晨起床開始，直到晚間十點就寢結束。所有活動都在加強學習和讀經，還有在廟方的農地上工作，自己種植要吃的水果和蔬菜。」她說著便做個鬼臉：「他說，他可不要這樣活著。」

大夥兒面帶笑意，都等著聽下去。

「我又說我們沒有電視、報紙可看，沒酒可喝，也沒電腦可上網。我們不像監獄受刑人，也不能賺點錢給自己買點愛吃的、好玩的。當然也不會有異性來探望囉。」

達賴喇嘛呵呵笑了起來。

「沒想到，他說了一段非常特別的話，」她繼續道：「其實他不知道自己在說什麼啦，他說：『**如果廟裡生活這麼艱苦，歡迎妳來這兒和我們一起住。**』」

當場每個人都爆出笑聲。

「他是真心為我感到難過啊！」羅賓娜的眼睛掠過一絲閃光。

「他好像覺得廟裡的生活條件比起監獄要差太多了。」

尊者在座位上俯身向前，摸著下巴若有所思。「這不是很有趣嗎？今天早上我們才在廟裡看到了學生來參加考試，要爭取到廟裡進修學位。參與競爭的人太多，名額都不夠哩。但現在談到監獄，即使監獄生活條件比起廟裡要好上很多，但是，沒人想去啊。**這證明了我們快樂或不快樂，不是生活環境使然，而是我們看待事物的眼光。**」

大家紛紛表示贊同。

「我們是否相信，無論環境如何，我們都有機會過上快樂而有意義的生活？」他繼續說道。

「正是如此！」羅賓娜表示同意。

尊者點點頭。「大多數人的想法是唯有改造環境，才能如何如何。然而，環境並非不快樂的真實緣由。比較相關的是人們對自己所處環境的想法。」

「我們也鼓勵學員將所在的監獄轉變為寺廟，」羅賓娜說：「不要想說在裡面的時間只能浪費生命，而是要想說在裡面是一個追求個人成長的大好機會。能這麼想的人就會為自己帶來不可思議的轉變。他們能夠找到人生真正的意義和目的，出獄後也能成為徹底改頭換面的人。」

「很棒。」尊者說道，臉上有溫暖的笑容。

「如果能讓所有人都聽到這個訊息，那真是太好了，特別是那些住在『**自建牢籠**』裡的人。」

達賴喇嘛說這話時竟然看向我！真不知道為什麼。我從未想過我有自建什麼牢籠啊。雪獅——嗯！創世紀以來最美生物——沒錯！我當然也有些私人問題，而其中最大的問題就是，我單身。

但要說牢籠嘛？

我有嗎？

直到後來，我才終於搞懂尊者的意思。客人告辭後，達賴喇嘛要見春喜太太，謝謝她的辛苦準備餐點。

「真的好棒，」他熱情地說道：「尤其是妳做的點心。羅賓娜尊者非常喜愛呢。但準備這些會不會給妳太大壓力了？」

「噢，不會……『不大會』（non troppo）!不會啦。」

春喜太太在尊者面前完完全全是另一個女人。「春喜大大」原本好像丹增所收藏的華格納歌劇中那位剽悍的布倫喜爾德（Brunhilde），這位呼風喚雨的北歐女武神的廚房版。但在尊者面前的此時，女武神卻完全人間蒸發，取而代之的是個會害羞臉紅的女學生哩。

「我們可不要妳壓力太大噢。」達賴喇嘛注視著她好一會兒，然後告訴她說：「今天的午餐非常有趣。我們談到快樂、滿足這些東西，並非視環境而定。春喜太太，妳保持著單身生活，我看妳還挺快樂的呢。」

「嗯，我可不想有個丈夫，」春喜太太說：「如果您指的是這個的話。」

「所以說，單身並非不快樂的原因囉？」

「不是，不是，不是！（Mia vita e buona）我活得很好、我很滿意。」春喜太太一興奮，就會夾雜幾句義大利話。

尊者點頭道：「我也有相同感覺。」

就在那一刻，我忽然懂了，達賴喇嘛所指的「自建牢籠」是什麼，我懂了。他所說的讓我們不快樂的東西，並不只是外在的具體環境，還包括內在的想法和信念。以我自己而言，是我需要一個「異性貓侶」作伴才能快樂的想法；那個想法是我的「自建牢籠」。

春喜太太走向門口，好像要告退了。但在伸手開門之前，她遲疑了一下。「我能問您一個問題嗎，尊者？」她轉身道。

「可以的。」

「我來這兒幫忙備餐都已經二十多年了，但是您從未試圖讓我改變宗教信仰。這是為什麼？」

「春喜太太啊，妳說的很有趣哩！」尊者大笑起來。他輕輕握住她的手，「**佛法的本意並非讓人改信宗教，而是給予人們工具，讓他們有能力創造更大的快樂，讓他們去做更快樂的天主教徒、更快樂的無神論者、更快樂的佛教徒。世間有許多修煉方法，我相信妳有自己很熟悉的方法了。**」

春喜太太揚起眉毛。

「有個很棒的矛盾說法，」他繼續道：「**得到快樂最好的方法是：帶給別人快樂。**」

那晚我坐在我的窗台上，遠眺前院。我決定要做個實驗。下次如果又發現自己渴望伴侶時，我要提醒自己想想尊者和春喜太太，他們倆都是快樂的單身貴族。

此外，我要主動地去付出自己，即使只是發出友善的喵喵聲，也要帶給其他生物快樂。這樣也才能成功地轉移焦點，不會只聚焦在自身，而能念及他人。我想嘗試一下達賴喇嘛所說的「很棒的矛盾」，看看是否對我也有效。

在做出此一決定的行動中，我已發覺自己無法解釋地變得更加輕盈，較無負擔，也更加無憂無慮了。使我沮喪的並不是我的情況，而是我「非得如此不可」的懸念。放下「必須有貓伴才快樂」的想法，創造自己的快樂，我也能將自建牢籠改造為心靈廟宇。

就在沉思之時，我偶然察覺附近有什麼動靜，就在前院另一邊的花壇大石頭旁。

夜幕已降，但大石被附近市場攤位上的綠色燈光照亮著。有很長一段時間我靜止不動，只是盯著遠方。

不，我沒搞錯！雖然心頭的震驚著實令我呆了半晌，但我還是看出了剪影的線條：如獅子般高大挺拔、像是剛從叢林中走出的萬獸之王般，警惕的黑眼珠子、完美對稱的毛色條紋，是隻漂亮貴氣的虎斑貓！

他一躍便到了大石上，讓我見識到何謂流動的優雅。他的動作既迷人，也有著深思熟慮過的沉穩。他站在那裡探測著大昭寺，有如國王在考察領土內遠方的亭台樓閣般。然後，他轉頭向我所在的窗台看過來。他，也靜止不動了。

我迎向他的凝視。

……可他卻沒有明顯承認我的存在。我確定他見到我了，可他在想些什麼？誰能告訴我呢？他並沒有透露任何蛛絲馬跡啊。

他只是在岩石上待一會就不見了。在草叢間消失蹤影的神祕感，一如他的悄然到來……

在夜幕不斷下降的黑暗中，隨著喇嘛們一個個回房休息，尊勝寺方形的窗格也一格一格亮了起來。

而這夜晚，似乎因為充滿著各種可能性，而更加生機蓬勃了。

尊者說：「她是個美麗的提醒，叫我要活在當下。還有什麼比這個更為珍貴呢？」

第三章

正念、當下、行動：法郎咖啡館、貓咪仁波切、佛法不是裝飾品

靠朋友就能出名嗎？

這個問題我從沒問過誰，但在抵達印度達蘭薩拉（Dharamsala）市郊的西藏村（McLeod Ganj）幾個月後，我得到答案了。來到此地後，我逐漸變得大膽些，也更常跑到外面世界去探險。我所熟悉的不再只是達賴喇嘛的居所、廟區，我也慢慢認識到大昭寺山腳下的世界。

一走出廟門外即刻映入眼簾的是很多小攤，叫賣著水果、小吃、新鮮農產品，主要是賣給當地人。也有幾個攤位是針對遊客需求而設的，其中最大、最漂亮的是「派特國際平價優質旅行社」。這家小店提供的商品和服務應有盡有，從達蘭薩拉附近的一日遊到尼泊爾行程都有。在這個攤位上，遊客也可以買到地圖、雨傘、手機、電池、瓶裝水。從清晨一直到其他人收攤很久之後，都可以看到派特先生熱情招呼遊客上門買東西，同時他還會

拿著手機、比著手勢興奮地大聲講話。或者，也常看到他在一輛停在附近的車子後座打盹兒；那輛一九七二年賓士是他的驕傲和快樂。

派特先生或其他攤主，加上他們所有的貨品，並不足以維持一隻貓對他們的興趣，所以沒多久我便繼續冒險往下走去。我發現的是幾間小店，其中一間馬上使我的鼻孔微微抽搐起來，因為從店門口持續飄出新鮮花束的誘人清香。

步入「法郎咖啡館」的小道兩旁有花台，有餐桌，還有喜氣洋洋、黃紅相間的遮陽傘，處處都裝點著西藏的吉祥符號。入口處還散發出烤麵包和現磨咖啡的香氣，交織著更加開胃的魚餅香、肉凍味，甚至還有更令人垂涎的莫爾奈白乳酪醬（Mornay）！

我從餐廳對面的花台，觀察每日在法郎咖啡館的戶外餐桌上用餐的食客多寡：徒步旅行者，他們認真使用筆電和智慧型手機收集資訊、規畫長途行程、分享照片、用斷斷續續的網路和家鄉親友通訊；靈性追求者，他們探索印度，尋找神祕體驗；名流獵人，他們來到此地，無非是希望和達賴喇嘛合照。

其中有個男子似乎會在這裡耗上大半天。一大早他就會在外面停好他那輛鮮紅色的飛雅特（FIAT Punto）；這輛無比光鮮的新車出現在西藏村破舊的街道，還真是不協調。打開車門現身的他，頂著發亮光頭，穿著緊身黑衣褲，頗有流行時尚感，身後還緊跟著一頭法國鬥牛犬。他倆趾高氣昂地走進咖啡館的派頭，就好像巨星要登台了。我去了幾次，注意到這名男子有時在戶外，有時在館內，有時大聲對著服務生點餐，有時則在桌前，邊盯著報紙，邊在閃亮黑的智慧型手機上輸入文字。

親愛的讀者朋友，我無法解釋為何我沒有立即認出他的身分，或認出他的傾向是愛貓或者愛狗，或者至少認清，要再進一步走向法郎咖啡館內是多麼明顯的愚蠢之舉。反正，我對於以上事實就是完全不知情。也許是因為那時候，我就是年幼無知。

命運注定的那天上午我來到法郎咖啡館，主廚早已備妥特別誘人的當日午餐主菜。烤雞噴香一路飄上廟的大門口，我認為對付這種靈魂召喚，光抵抗是沒有用的。於是，雖然腳步不穩，我還是盡我所能地快速下山。沒多久，我就站在入口處——猩紅色天竺葵的盒子旁邊。

只是抱著些微希望，根本沒什麼策略，我天真地以為我的存在就足以變出一頓豐盛的午餐，的確，用在春喜太太身上有效啊。於是，我壯膽往其中一張餐桌走了過去。坐在那裡的四個背包客太專注在自己面前的起司漢堡上，竟然連看都不看我一下。

我得多做點什麼才是。

更裡面的餐桌，有個好像來自地中海地區的老人，他在啜飲黑咖啡時，終於瞧了我一眼，但眼中盡是冷漠。

此時，我已深入咖啡館內部。正猶豫著下一步該怎麼走的時候，冷不防傳來一聲憤怒的低吼。

是那隻法國鬥牛犬，他只離我幾公尺遠，現正面帶怒色向我逼近。我那時該做的，其實就是什麼都別做。甚至只要站定於所在之處，也怒聲「喵」他一下，只要用一種高傲的鄙視態度對待狗，他就不敢靠近一步的。

但我當時年幼無知，竟然轉身就跑；這一跑，反而激起了鬥牛犬的征服欲。他用狗爪子刨著木地板，發出雷鳴聲響朝我衝過來。我竭盡四腿所能地想要迅速逃跑，但四肢卻好像被抽打過一般。突然間，他已進逼到我眼前，還不斷發出恐怖的吠叫聲。我非常驚恐慌亂，發覺自己被逼到陌生房間裡的牆角。此時心也跳得超快，快到好像隨時就要爆炸了。在我前方有個老式的報架，那後面還有點空間。只是鬥牛犬離我這麼近，近到他滿嘴硫酸味的口臭我都聞得到了。天啊，我被逼得走投無路，只好奮力一搏——不可思議地，我竟然跳過了報架上方，然後砰一聲掉到另一側的地板上。

幾乎到手的勝利瞬間被搶走，那狗急得都快瘋了。他看我只離他幾公分，卻怎麼也無法碰觸……當他的吠叫逐漸變成無法形容的歇斯底里時，有人講話了。

「超大老鼠！」有人驚呼。

「在那邊！」有人在哭。

沒多久，黑色陰影籠罩我的上方，還有一股強烈的科諾斯（Kouros）鬍後水的氣味。

接下來，我的身體有一種奇特的感覺，一種自我出生以來都沒經歷過的體驗。那是脖子向後收緊的感覺，原來我被人類拎起來了。我被人從頸背抓起，也發現自己正看著咖啡館主人——法郎那顆閃亮亮的光頭腦袋，以及那雙邪惡的淡褐色眼睛。我非法進入了他的領地，還激怒了他的法國鬥牛犬；最重要的是，顯然，他並非愛貓人士。

時間凍結。那一刻感覺長久到足以讓我體會他有多憤怒，從他突出的眼珠子、從那條往上延伸到太陽穴，搏動中的藍色靜脈、收緊的下巴、噘起的雙唇，還有那個在他左耳不停晃動的Om字型黃金耳環。

「是貓！」他吐了口口水，彷彿光想到貓就侮辱了他似的。他往下看著鬥牛犬說：「馬塞爾！你怎麼……怎麼能讓這東西進來？」聽他的口音是美國人，語氣中充滿憤慨。

馬塞爾被嚇得一溜煙跑了。

法郎先生大步走到店前面，顯然要把我扔出去。我突然深深陷入那種即將被摔出的恐怖期待之中。大多數的貓都能夠在空中翻滾跳躍，著地後也不會受什麼內傷。但，我不是那種貓。我的後腿已經先天無力，平常走路就不穩。再被摔一次的話，很可能會帶來無法彌補的傷害。如果我從此無法走路該怎麼辦？如果我再也回不到大昭寺又該怎麼辦?!

地中海老男人仍舊冷漠，只顧著喝咖啡。背包客們也是只顧著自己的餐盤，一把把抓起法式薯條往嘴裡塞。看來，是沒人會來救我了。

法郎先生開門走向路邊，面色凝重，似乎決不寬待。他把我舉得更高些，手臂也向後甩。這些準備動作不像是要放我下去，而是要把我像丟手榴彈似地丟出他的領土範圍，丟上街去。

這時，有兩位比丘正好要走回大昭寺。他們途經此地，一見到我，便雙手合十在胸前，微微點了點頭。法郎隨即轉身看看是誰在他身後，並好奇地打量著比丘，想說他們應該不是喇嘛（聖人）吧。

「這是達賴喇嘛的貓。」其中一位解釋道。

「她業報很不錯。」另一位追加道。

跟在他倆身後還有一群比丘，他們也都紛紛向我點頭示意。

「你確定？」法郎先生很驚訝。

「嗯，是尊者的貓。」他們異口同聲說道。

法郎先生的表情轉變得又快又徹底。他馬上把我移到他的胸前，小心翼翼地把我輕放在臂彎裡，然後那隻稍早曾打算用力把我丟得老遠的手竟開始撫摸我。我們回到法郎咖啡館內，走過英語報紙和雜誌的展示區，那裡營造出一種國際大都會的氛圍。在某個寬廣的架上，就在《倫敦時報》和《華爾街日報》中間的空位，他把我放下來。他的動作細膩到好像我是一件上好的明朝瓷器一般。

「熱牛奶，」他吩咐一名剛好經過的服務生。

「還要一些今天做的烤雞。切碎一點啊！」

然後，馬塞爾跑過來；他又呲牙咧嘴的，這時法郎先生警告他道：「如果你還是這樣瞪著我們的小可愛，」法郎先生伸出食指，「那你今晚只能吃印度狗食喔，聽到沒！」

烤雞準確送達，而且每一口正如我之前所聞到的氣味那樣地鮮美。在這裡得到的這個新身分讓我放心，精力再現，我從架子的最底層爬到最高層，在《浮華世界》和《時尚》雜誌中間找到了一個合意的小窩。這是個較符合大昭寺雪獅身分的位置，更別提從這裡還可以俯瞰整個咖啡館呢。

法郎咖啡館真正是生長於喜馬拉雅山的混血兒，來自大都會的時尚遇見了來自佛教的神祕之後所產生的結晶。除了英語雜誌架、濃縮咖啡機、優雅的餐桌布置之外，館內還以佛像、唐卡、祭祀的物件作為裝飾品，如同廟內一般。有一面牆上掛的全是法郎先生的照片，鑲金邊的黑白照片，上頭有：法郎獻給達賴喇嘛白長巾；法郎蒙大寶法王噶瑪巴賜福；法郎站在李察吉爾身旁；法郎在不丹虎穴寺入口處。客人可以一邊欣賞照片，一邊聆聽從擴音機流淌出來催眠似的樂音，西藏密宗的吟唱「嗡嘛呢唄咪吽」。

我常來這個新發現的小窩待著，對於來來去去的人群有著極大的興趣。某日，有兩個美國女生注意到我，她們撫摸我，還對著我喵喵叫。法郎先生走過來時說道：「是達賴喇嘛的貓。」他低聲說。

「我的天哪！」她們拉長了尖叫聲。

他聳聳肩，露出一副厭倦俗世的模樣。「她好喜歡來我們咖啡館。」

「天哪，天哪！」她們再次瘋狂地拉長尖叫聲，並追問道：「她叫什麼名字？」

他一時之間似乎愣住，面無表情。還好很快就鎮定下來，並開口對她們說：「仁波切，意思是珍貴的。通常只有喇嘛才能得到這種非常特殊的尊稱。」

「噢，天哪！我們可不可以，呃，就是，和她合照一張？」

「不可以用閃光燈喔。」法郎先生立下我的拍照原則。「不可以隨便打攪仁波切的。」

那一整天他不斷重複這樣的模式。他遞給客人帳單時會朝我點個頭，彰顯出我的存在，然後說：「達賴喇嘛的貓。」有時還會加上：「她愛死我們家的烤雞了。」甚至還說：「我們為尊者照顧她。她好聖潔吧？」

「談到業報，」他也會接著客人的話講到我，「仁波切。意思是珍貴的。」

在家裡，我是「尊者貓」，是達賴喇嘛及他的部屬以很多的愛和仁慈對待的貓，但我無非是隻貓。然而，來到法郎咖啡館，我是名流！名流！在家裡，午餐供應的是貓餅乾，廠商都宣稱可以提供成長中的貓咪完整平衡的營養配方。來到法郎咖啡館，平日吃的可都是些什麼紅酒燉牛肉啦，葡萄酒燒雞公啦，普羅旺斯烤羊腿啦。

為了讓我更舒適起見，法郎早就設置好蓮花軟墊；我只要坐著，自會有人給我送吃的來。沒多久，我就捨棄大昭寺的貓餅乾；除非天氣實在是惡劣，否則我固定會上法郎咖啡館去。

法郎咖啡館所提供的遠遠超越美食餐廳的能力範圍，應該說它是這裡最棒的娛樂場所。來到西藏村的遊客有各種年齡層，性情千百款，膚色也是應有盡有；他們操著各式各樣的語言，穿著打扮同樣也是令人驚奇地多樣化。然而，對每一位遊客而言，法郎的有機烘焙咖啡的香氣無異是一道最富魔力的咒語。在穿著橘黃暗紅長袍、講話輕聲細語的比丘們圍繞下度過悠悠歲月的我，此時覺得法郎咖啡館就像動物園一樣好玩。

但沒過多久我開始意識到，在表面上所有的明顯差異底下，遊客們在更多方面其實都很相似。我發現其中某個方面，尤其耐人尋味。

春喜太太不來廚房的日子，廟裡的三餐是很簡樸的。主食大多是米飯或麵條，佐以蔬菜和魚類，肉類很少見。達賴喇嘛的居所和廟裡的廚房一樣，都是這種情況。幾個廚房裡都是一大桶、一大桶的米飯或燉蔬菜，比丘們揮舞著像掃帚那麼長的大勺攪拌著。雖然食材都是基本的普通款，但用餐時間，就是人間最大的味覺享受。比丘們都慢慢吃，在友好的沉默中，品嘗每一口食物。偶爾還可嘗到風味特殊的香料或不同口感的米飯。從他們臉上的表情看來，似乎在進食的一路上不斷有新發現呢！今天等待著他們的是什麼樣的感官樂趣？會覺得口味上有什麼細微差別，是不同的烹飪巧思嗎？還滿意嗎？

順著法郎咖啡館前面的路走下去不遠處，則是完全不同的世界。我從雜誌架高層的寶座遠眺，也能直接透過廚房門上的玻璃窗看到。天未拂曉，尼泊爾兄弟晉美和阿旺．扎巴（Jigme, Ngawang Dragpa）就已經在辛勤地烘烤牛角麵包、巧克力可頌，以及各式各樣的糕點，還有用老麵發的法國、義大利、土耳其麵包。

咖啡館清晨七點開門，扎巴家兩兄弟便開始供應早餐，營業項目有雞蛋類：荷包蛋、炒蛋花、水煮蛋、水波蛋、班尼狄克水波蛋、翡冷翠水波蛋、厚蛋餅。至於馬鈴薯方面則有薯絲脆煎餅，或搭配培根、契波拉塔香腸、蘑菇、番茄或法國土司，更別提那些自助式的什錦麥片和穀類脆片、各式鮮果汁，加上種類齊全的熱茶和專業咖啡師特調的咖啡。上午十一點停止供應早餐，繼續接力的午餐所提供的菜單不只是全新的，複雜度也更高；到了晚間，餐點的內容當然更廣，也更多樣化。

我從未見過這麼多樣化的餐廳食物，食材來自五大洲，光是準備就已經令人倍感艱辛。和法郎咖啡館廚房裡好幾個層架的辛香料、醬料、調味料相比，廟裡廚房那幾個香料罐子顯得多麼微不足道。

如果說廟裡的比丘都能在最基本的食物中獲得樂趣，那麼應該就不難理解為什麼法郎咖啡館提供給顧客的精緻菜餚會讓我心頭小鹿亂撞，偶而還會全身抽搐、四爪扭曲、貓鬚抖個不停；那是一種你無法想像的迷魂狀態。

然而，對絕大多數的食客而言，並非如此。

他們多半在嚐個一兩口後，就不再關注自己所點的食物或咖啡了。儘管這裡的餐點都是精心準備的，要價也不菲，但實際上他們一點都不關心要吃進體內的食物。不是忙著聊天，就是在給親友發信息，再不然就是盯著法郎每天去郵局拿回來的外國報紙猛看。

這一點我怎麼也想不通。難道說，他們連吃都不知道怎麼吃嗎？

這群遊客所住的飯店都有提供設備可以在自己房內泡茶或咖啡。如果他們想灌杯咖啡，卻不想真正地體驗它，那為什麼不回飯店就好？為什麼要付三塊錢美金，在法郎點一杯要喝不喝的咖啡？

這個疑問是尊者的兩位行政助理幫我弄清楚的。第一次去過法郎咖啡館的隔天早晨，我坐在他們共用的辦公室內。邱俠從他的辦公桌往後一推時，我剛好抬起頭來看著他。

「我喜歡這位作者對『正念』（mindfulness）的定義，」每星期我們都會收到請尊者寫篇序言的作者寄來的稿件，邱俠讀畢其中一本後向丹增說道：「『**正念就是有意識地關注，而且不任意評斷**。』真是清楚明瞭，對吧？」

丹增點了點頭。

「**不停留在過去、未來的想法，也不沉浸於幻想**。」邱俠加以詳述。

「我也喜歡索甲仁波切（Sogyal Rinpoche）的定義，因為更簡單，」丹增邊往後靠到椅背上邊說：「正念就是『純粹存在』。」

「嗯，」邱俠若有所思。「心念沒有任何攪動或延伸演繹。」

「正是如此，」丹增確認道。「這也是『知足』的根基所在。」

後來我再去咖啡館時，法郎請我享用了一份豐盛的蘇格蘭煙燻鮭魚佐特級濃縮奶油。這頓飯，我可以向你保證，也許吃得有點大聲，但我的確是心懷我有生以來最強的正念慢慢吃下肚的。吃完後，我回到兩本最新的時尚雜誌中間的那個蓮花軟墊上坐好，繼續觀察客人的動態。

我愈觀察，就愈肯定：人們缺少的就是「正念」，活在當下。他們離達賴喇嘛的總部只有幾百公尺遠，而且還在這藏傳佛教的主題樂園——法郎咖啡館裡舒適地坐著，然而，他們大多沒有活在這獨一無二的此時此地；軀殼在此，心卻去了很遠、很遠的地方。

在大昭寺和法郎咖啡館之間來來去去好幾回之後，我開始瞭解到在山廟裡，幸福是透過培養內在品質，像正念、慷慨、平常心、善心而求得。而在山下，幸福則是從外在事物如餐廳的食物、使人興奮的假期、閃電般的科技而獲得。不過，似乎沒有理由說人類不能兩者得兼：至少，我們貓族就很清楚對美食保持正念是可以想像、也可以得到的最大幸福！

某日，一對有趣的夫婦出現在法郎咖啡館。他們第一眼看起來相當普通，只是穿著牛仔褲和運動衫的美國中年人。他們到達時已過了早餐尖峰時段。法郎先生穿著新的亞曼尼黑色牛仔褲，像名模出場般領他們就座。

「今天早上大家都好嗎？」他問道。這是他慣用的開場白。

法郎幫他們點咖啡時，那男人問到他手腕上的彩色結線手環。法郎的回答好像在背書似地，因為，說實在的，我已經聽太多次了。「這是加持過的結線手環，是在接受特別灌頂時，喇嘛給我的。紅色那條是二〇〇八年我接受達賴喇嘛的時輪金剛灌頂時拿到的。藍色的那三條是二〇〇六在博爾德、二〇〇八在舊金山、二〇一〇在紐約接受密宗灌頂時拿到的。至於黃色的則是分別在墨爾本、蘇格蘭和果阿拿到的。」

「嘿，挺有趣的。」那男子回答。

「哦，佛法是我的命啊，」法郎把手戲劇性地放在心臟部位，然後朝著我所在的方向點了點頭，繼續說道：「你見過我們小朋友了嗎？達賴喇嘛的貓。她好喜歡待在我們這裡。她和尊者有很深很深的緣分喔。」他俯身向前靠近那個男人，這個動作他一天至少會做十二次，然後像透露祕密般小聲說道：「我們的地理位置正好是在藏傳佛教的心臟部位。是絕對的震央！」

到底這對夫婦對法郎的看法怎樣很難說。但是讓他們有別於其他訪客的是，當咖啡放在他們面前時，他們便不再交談，」而是真實地品嘗起咖啡來。不僅僅是第一口，第二口、第三口，之後的好幾口都是這樣。他們和大昭寺的喇嘛一樣，「有意識地活在當下」：品嘗到咖啡的風味、享受到周遭的氛圍、經歷到純粹的存在。

這就是為什麼當他們又開始談話時，我會興致勃勃地竊聽起來的原因。我所聽到的也不是讓我太意外。那個男人是個研究「正念」的美國人，他正和他的妻子提到《哈佛大學報》的一篇文章。

「有個研究以兩千多個有智慧型手機的人為受試者，在一周內隨機發送出三個問題給他們。這三個問題是：『**你在做什麼？你在想什麼？你快樂嗎？**』結果發現，有百分之四十七的人，心思並沒有在所做的事情上面。」

他的妻子揚起眉毛。

「我個人覺得，那個數據有點太低，」他說。「人們有一半的時間都沒有『專心於正在做的事情上』。真正有趣的部分是『正念』與『快樂』的相關性。他們發現，若全心全意於所做的事情上，那樣會快樂得多。」

「是因為他們只能專注於自己熱愛的事情嗎？」他妻子問道。

他搖搖頭說：「不是。就是這樣而已。重點是，**讓你覺得快樂的不是你所做的事情，而是在做這件事情時，你是否全心全意？**重點在於要有一種直接的連結，專注於此時此地。而不是處於敍述狀態……」他把食指放在太陽穴旁邊畫圈圈——「意思就是說，『想的和做的不一樣』。」

「這點佛陀也說過。」他妻子表示同意。

丈夫點點頭說：「只是有些時候，這些概念會在翻譯過程當中遺落。你會碰到像這裡的現場經理這樣的人，以為佛教可以像戴飾品那樣地戴起來。對他們來說，那是他們的『假我』的延伸，是一種顯示自己與眾不同或特別優秀的方式。他們似乎以為外表的裝飾最重要，但事實上，真正重要的唯一關鍵是『**內在轉化**』。」

幾週過去了。今天我午餐後在寶座上舒服地打盹，一睜眼醒來就看到一張再熟悉不過的臉，卻又感到時空太錯亂。

是丹增！他出現在法郎咖啡館裡呢，正直視著我。

「你注意到我們美麗的訪客了嗎？」法郎遠遠地瞥了我一眼。

「哦，是的。真的很漂亮。」外交官丹增穿著合身的西裝，什麼也沒透露。

「是達賴喇嘛的貓。」

「真的？」

「她老往這裡跑呢。」

「太棒了！」丹增的手指通常聞起來是石碳酸皂的味道，此時他伸手過來搔我的下巴時，卻混著很多科諾詩的香氣。

「她與尊者有很深、很深的因緣喔。」法郎就這樣告訴這位尊者的左右手。

「我想你說得對，」丹增想了想，接著問了一個法郎想都沒想過的問題：「我是在想，她到你這兒來時，尊者居所的人會不會到處找不到她？」

「我想應該不會，」法郎的回答倒是很流暢。「但是，如果他們知道她在這裡，他們也很快就能瞭解到我們把她照顧得有多好。」

「這個墊子看起來不錯。」

「親愛的，不只是墊子而已，我們還供應她每天吃的午餐呢。」

「她餓肚子來的？」

「噢，她熱愛我們的美食、崇拜我們的美食。」

「也許她在大昭寺沒吃飽？」丹增問。

「我想也不是那樣。可能只是因為仁波切她的品味很獨特。」

「仁波切？」丹增的表情好像在說這個名號有夠離譜好笑。

「是她的名字啊。」法郎因為這樣說了太多遍了，多到讓他真的相信有這回事。「你看得出原因吧，對吧？」

「佛法教我們，」丹增的回答莫測高深，「**萬法唯心造**。」

幾天後的下午，丹增來到辦公室，面向尊者坐定。其實這是上班日尾聲的某種儀式，丹增會針對重要事項向尊者報告最新進度，他們也會邊聊著工作事項，邊享用剛泡好的綠茶。

我則是在我經常坐臥的窗台上，看著夕陽滑入地平線下，所以也沒專心聽他們談話；但其內容通常很廣，譬如說可以從地緣政治學談到佛教密宗的精微要義。

「對了，尊者，還有一件挺重要的事，」丹增闔上他面前的聯合國檔案夾，「我很高興告訴你，已經找到尊者貓的飲食失調之謎了。」

達賴喇嘛的眼中靈光一現，並回應丹增道：「請說，」他上身往後靠著椅背，「請講。」

「看來我們小雪獅並不是沒有食欲呢。相反的，她自己找到了山腳下的咖啡館外食哩，就是那位設計師、佛法之友開的那間。」

「咖啡館？」

「嗯，順著大路往下走就到了，」他用手比了比。「就是外頭有紅黃色遮陽傘那家。」

「哦，對，我知道那一家。」尊者點了點頭。「聽說他們的餐點很棒。我倒是奇怪她竟沒有直接搬過去住！」

「是喔？」

「事實上，老闆是個非常愛狗的人。」

「他養的狗品種還蠻特別的。但他也給我們家小貓吃東西。因為他知道她與尊者同住，所以給她加倍的禮遇呢。」

尊者呵呵笑了起來。

「還不只這樣，他還給她取了『仁波切』這樣的名字。」

「仁波切嗎？」達賴喇嘛忍不住大笑起來。

「對呀，」丹增回答時，他們兩人一起看向我。「給貓咪取這種名字還真是好笑呢。」

向晚的微風穿過打開的窗戶，帶來了喜馬拉雅山的松樹氣味。尊者面露思考的表情。「但是，也許這名字取得也沒錯，也許她的確幫助咖啡館老板培養出平等看待貓狗的心。因此，對他而言，我們小貓是珍貴的，是仁波切沒錯啊。」

尊者從座位上站起來，走過來撫摸我。

「丹增，你知道嗎，我有時如果在辦公桌前工作太久，我們小雪獅就會來磨蹭我的腳。有時候……」他開心地咯咯笑開說：「她還會咬我的腳踝，直到我放下手邊的事為止噢。她想讓我抱抱她，打聲招呼，花點時間在一起，就我們倆……」

「對我而言，」他繼續說道：「**她是個美麗的提醒，叫我要活在當下**。**還有什麼比這個更為珍貴呢**？所以啊，我想……」他懷著海洋般浩瀚的大愛注視著我說，「她也是我的仁波切哩。」

尊者說：「我們愈為他人的福祉著想，我們就會愈快樂。第一個受益人是自己。我稱之為『最有智慧的自私行為』。」

第四章

嫉妒、真實原因、愛與慈悲：棄養狗凱凱、自我成長大師傑克

有一天多雲陰暗，我心情也懶散，於是冒險走出達賴喇嘛的辦公室，去到他行政助理的辦公室那邊。恰巧邱俠和丹增都不在辦公桌前，但這辦公室也不是完全無人看顧著。就在暖氣孔那兒，柳條籃子裡邊有隻拉薩犬蜷縮著。

不熟悉狗類品種的朋友們，我在這裡為你補充一點資訊喔。拉薩犬是長毛的小型犬，以前的人常養他們來看守西藏寺院。他們在藏人內心深處占有特別的地位。我有時從窗台可以看見人們帶著拉薩犬一起繞拜廟宇，據說這個吉祥儀式可以保佑來世投胎到更好的人家。但是，離我的內在聖殿這麼近的地方有隻拉薩犬……這種驚喜嘛……我還真笑不出來。

他本來就在籃子裡頭打瞌睡，我一走進去，便抬高鼻子嗅嗅空氣，最後好像決定還是以生命安全為上，便把他長髮披肩的頭部重新埋進籃子裡。至於我嘛，走過籃子旁邊時並

沒有特別去注意他，我直接跳上邱俠的辦公桌，再跳上原木檔案櫃上方這個我最喜歡的看戲雅座。

過了一會兒，邱俠回來了。他俯身向下，拍拍拉薩犬，還用那個我很熟悉的可愛童稚音跟他說話……我原以為他只對我如此親密……，所以，我的怒氣開始燃燒，遭他背叛的感覺也不斷加深。邱俠竟然完全遺忘了我的存在，他花了很長一段時間撫摸擁抱那……那狗仔，他看上去還真是個乾癟的傢伙，邱俠竟然還一直稱讚他長相標緻、氣質可愛，還說會特別照顧他等等。邱俠也曾在我耳邊低訴，情話綿綿，而我也總以為那番話的確是他的肺腑之言。現在，我聽著他對著這隻兩眼無神、毛髮稀疏的第三者，重複說著那些對我說過的話……這讓我領悟到原來這些話語並不專屬於我，而全都只是他對任何生物、任何有四條腿、一臉毛的生物都會背的台詞罷了。

我們的特殊關係就到此為止！邱俠！

邱俠走回他的桌子，敲著鍵盤，完全不曉得我就坐在不遠處，而且什麼都看見了。大約二十分鐘後，丹增也回來了。他竟也招呼那狗，呼喚著狗名——凱凱，然後才坐回他的辦公桌。

他們兩個竟然可以坐在那兒閱讀、回電郵，就好像沒有什麼特別的事情發生一樣，真是令人難以置信。但更糟糕的事還在後頭呢！達賴喇嘛的翻譯洛桑（Lobsang），手臂下夾著一分剛寫完的稿件走進來。他身材修長，年紀又輕，全身每個毛孔都發散出寧靜和平的氣質。我曾相信自己是他的最愛，但是他也彎下腰來撫摸新寵，最後才繞過來向我問好。

「我們小雪獅今天好嗎？」他在我的下巴撓癢癢，我則以我的鋼鐵大牙鉗回報，咬住他的手指頭不放。

「我沒想到她早就見過特別來賓了。」邱俠抬頭看著我，帶著他一貫的微笑說道，好像我也應該和他一樣開心似的。

「那可不一定是她的特別來賓喔，」丹增直視著我，觀察了一會兒，然後說：「但是，還是希望妳能在心中留一個位置給凱凱。」

我因為非常不爽，眼珠子快速變暗，我放開洛桑的手指，跳到辦公桌，又跳到地板，然後大步踏出辦公室，雙耳往後緊貼著。達賴喇嘛的這三個部屬好像都不在意我怎麼了。

午休時間，我看到邱俠帶著拉薩犬散步。他乖乖地走在邱俠旁邊一起繞拜廟宇。他們在途中停下來很多次，因為有些愛狗的藏人在出入廟區時看見了他們，便上前去拍拍狗兒，說說話。

雖然，只要時間一到，在廚房裡我倆都有得吃。但是，實在很難避免去比較凱凱盤中那堆小山似的食物，和我一向自愛有節制的食物份量。也很難不去揣測，為什麼邱俠要留下來看著狗仔狼吞虎嚥地大吃，寵他寵得不得了，餐後還會拍拍他獎勵一番，卻讓我吃自個兒的，那究竟是什麼意思？我們一起在走廊上碰到尊者時，他蹲下來了，卻也只跟狗仔說哈囉。

「他就是凱凱啊!?」尊者先確認一番。他拍拍狗仔時所付出的溫情已經遠遠超過我可以容忍的限度。「毛色紋路很漂亮！真是個英俊的小伙子！」

那種大驚小怪的程度，會讓你以為他們從來都沒看過拉薩犬。他們儘管說了很多話，但我的問題卻一個都沒答案，譬如說，這狗仔在這兒幹嘛呢？他什麼時候要走？……之類的。

我殷切期盼達賴喇嘛不會收養他，我們這種關係裡絕對容不下第三者啊。

但第二天，我出門時還是見到凱凱躺在籃子裡。

又過了一天，還在……

這就是為什麼本週另一位更耀眼、更有魅力的訪客來臨時，我還挺樂意見他的。

那天，有輛黑色豪華休旅車緩緩開上山往大昭寺去，西藏村村民全都知道有特別人物駕到了。當地人都盯著這輛奢華亮麗、如幻影般移動的寬廣車體，連觀光客也是。但這輛車怎麼樣都和山地小村莊格格不入啊，多像是外星球來的異形啊。那些黑暗車窗裡面到底是坐著誰？有何貴幹？需要動用到這種昂貴的神祕工具把人載來載去的？

當然，有個問題根本不必問，那就是，訪客是來拜見誰的。理所當然，這輛豪華休旅車慢速通過幾道門口，最後果然朝著鼎鼎大名的仁波切、菩煞（菩提貓煞）、大昭雪獅、創世紀以來最美生物，以及她的人類室友的居所開來。

這位訪客一走進尊者的會客室，我便認出他來。畢竟，他是全世界最著名、也是最早開設「自我成長課程」的大師之一。他的臉就印在幾百萬冊的書籍和光碟片的封面上。他穿梭在全球各大首都，在最大的場地，對著無數人群演說。他甚至在好萊塢演藝圈內也有一批追隨者。他會見過好幾任美國總統，也定期在主要的電視談話性節目中受訪。

不過，我還是警覺到我不應在此透露他的身分，真的不行；特別是，從他待會兒就要發表的爆炸性告白看來，他應該也沒打算對廣大的讀者公開他的個人隱私。

當他一進門，他的臨在感真的令人無法忽視。彷彿有人命令你要好好注意著他一般。達賴喇嘛當然也有一種強大的臨在感，但性質完全不同。尊者給我的感覺是，沒有那麼多的個人色彩，應該說是「遇見良善」那種感覺。從你第一次與他同在開始，你將專注於某種狀態；在那種狀態下，你平常的思考和關注會逐漸淡出，甚至變得毫不相關，同時你也會覺知到（以一種難以理解的方式被提醒），你自己的本質即為無限的愛，而且既是如此，一切都會好好的。

我們的貴客，就叫他傑克好了。他大步走入接待室，並遵循傳統禮數呈上一條布巾給尊者。接下來，他就在專為客人準備的高背扶手椅上落座，就在尊者身旁。

大多數訪客都會做的幾個相同動作，傑克做起來就是不一樣，似乎更有魅力些；他的一言一行彷彿都蘊含著重大意義。他們從平常的寒暄開始談起，然後，傑克給尊者一本他新出的書。當他向達賴喇嘛說起他一年前的那趟環球之旅時，他顯得非常有魅力。當他提起他最近參與演出的一部電影時，連我都能輕易想見傑克在螢幕上會有多吸睛。

但是，十分鐘後，沉默接替了對談。坐在椅子上的尊者含笑、輕鬆而專注。而傑克雖然有強大的自信，但看來他似乎很難去碰觸到他為什麼來這裡的原因。終於，他再度開了口——當他這麼做的時候，某種非比尋常的祕密呼之欲出。

「尊者，如您所知，我作為人生教練的工作已超過二十年了。我幫助了世界各地好幾百萬人找到自己的熱情、實現夢想，並且過上成功富裕的生活。」他不費吹灰之力，很熟練地說出這些話；但當他在這麼說的時候，身上已經發生了某種變化，某種我覺得很難說明白的東西。

「我幫助人們在人生的各個方面得以實現自我，不只是物質上而已。」傑克繼續說道：「我激發他們去發揮獨特的天賦、培養才能、建立成功的人際關係。」

每說一句，他就失去一些外在光環。連帶地，似乎也縮小了他的身體，他逐漸縮進他所坐的椅子裡。

「我成立了全美國最大的『自我成長』公司，也許也是全世界最大的。」奇怪的是，他說這話時，卻好像是在認輸。「公司發展期間，我也變成一個非常成功的有錢人。」

最後這一句震撼最大。用聲音在交代他已經實現的成就時，他似乎也在坦承功成名就帶來了多麼糟糕的後果。他俯身向前，肩膀內縮，手肘支撐在膝蓋上。他看上去整個人好像快解體了。他凝視著尊者時，眼中竟是乞憐。

「可是，那對我沒效。」

尊者同情地凝視著他。

「我們上一趟環球之旅，我每晚都可以賺進二十五萬美金。我們包下全美各地最大的室內場地，而且場場爆滿。但是，我從未感到如此空虛過。激勵人們邁向富裕成功、經營人際關係，突然間全都變得毫無意義。那些可能是我曾經的夢想，但以後不再是了。」

「我跟大家說我需要休息。我要回家。我不再工作。我留了鬍子。花了很多時間在家裡，就讀讀書，看顧園子。但是我的妻子布蕾，她不喜歡我這樣。她仍然想要與名人共渡週末、參加派對、在社交版面上露臉。一開始，她以為我有中年危機。後來情況變得激烈起來。我們之間的關係越來越糟糕，嚴重到她說離婚好了。那是三個月前的事了。現在，我好彷徨，不知道該怎麼辦。」

「您知道最糟糕的是什麼嗎？是我真的覺得糟糕的感覺很糟糕。外頭每個人都相信我活出了夢想。在他們的想像中，我的生活充滿不可置信的滿足和快樂。我也鼓勵他們這樣想，因為我曾經真的相信這是真的。但我錯了。這不是真的。從來都不是。」

意氣風發的權威幻滅了，魅力蒸發了，只留下這個傷心、無力的男人。誰都不可能不為傑克感到難過。他所投射出來的形象，和他此刻所揭露的內在真相之間，差別實在是大到不能再大了。從外表看起來，他擁有的財富名望和宗師地位，已經遠比大多數人更有條件對付人生難題了。真要說的話，現在的他，這個與外表剛好相反的他似乎才是真相。

尊者在座位上俯身向前。「你所經歷的這些非常痛苦，我聽了也很難過。但是，這件事情也可以用另一種方式來看待。你現在所經歷的事情其實很棒。再過段時間，可能你就會知道——這會是發生在你身上最好的事情了。對物質世界的不滿意，怎麼說呢，反而，對靈性成長至關重要。」

「目前的沮喪其實也是蠻好的」這樣的概念讓傑克大為吃驚。但達賴喇嘛所說的最後一句話，使他不安，他便問道：「您的意思該不會是說擁有錢財是不對的吧？」

「哦，不是，」尊者說道。「財富是一種力量，是一種能量的形式。財富被用在良善的目的時，是最大的福祉。但是，如你所見，財富並非幸福快樂的真正原因。我所認識的最快樂的人都沒什麼錢。」

「善盡我們獨特的能力呢？」傑克想起他以前深信的觀念。「您認為那也不能帶來幸福快樂嗎？」

達賴喇嘛微笑著。「人都會有某種傾向、某些特別的優勢。進一步培養這些能力是有幫助的。但是，和錢財一樣，**重要的不是能力本身，而是我們用那種能力做了什麼。**」

「那麼，愛情呢？」如果說先前深信的觀念都淤積在水桶裡的話，那麼傑克現在已經在刮除桶底那一層了，他流露出懷疑的想法。

「你與妻子快樂相處的時間很長嗎？」

「十八年了。」

「然後呢，」尊者打開雙手掌心向上，「**變動、無常。這是一切事物，特別是人際關係的本質**。這些當然都不是幸福快樂的真實原因。」

「您說『真實原因』，那是什麼意思呢？」

「『真實原因』是可信賴的原因、永遠有效的原因。蒸汽的真實原因是把水加熱。無論是誰去加熱，無論之前加熱的頻率怎樣，也無論到底是在哪裡加熱，結果一定是產生蒸汽。以金錢、地位，或人際關係而言，」尊者微笑著，「我們很容易可以看出來，這些都不是幸福快樂的真實原因。」

達賴喇嘛這番不言而喻的真理，傑克可以從自身經驗中獲得證實，但他陳述時的簡單明瞭仍然使得我們這位客人吃驚。「想到這些年來我一直都在傳揚自我成長的信念，我自己卻走了樣。」

「別對自己太苛刻了，」尊者說道。「你幫助人們過上更正面積極的生活，使自己和他人都能受益，這是件好事，非常之好的好事。但要留心自我成長的危險，也就是人會變得過於重視自我、迷戀自我、自私自利。這些都不是幸福的真實原因，反而會帶來相反的結果。」

傑克思考著這一點，過了好一會兒才繼續問道：「嗯，幸福的真實原因。所以，我們需要自己去找出這些真實原因是什麼嗎？或者有一般通用的原則呢？我們必須遠離物質世界嗎？」

他還沒能再多說些什麼，達賴喇嘛便笑了。「噢，不是、不是，」他說：「出家也不是幸福的真實原因呢！」接著，他用一種更認真的神情，繼續說道：「**我們每個人都需要自己去找出讓自己幸福的真實原因，但一般通用的原則也是有的。幸福的兩個主要的真實原因：第一，希望給予他人幸福，佛陀將之定義為『愛』；第二，幫助他人去除不滿或脫**

離苦難，我們將之定義為『慈悲』。」

「主要的改變，你知道嗎，就是從『以自我為中心的思想』，改成『以他人為中心的思想』。這就是，怎麼說的呢，叫做『矛盾』吧，就是說我們愈為他人的福祉著想，我們就會愈快樂。第一個受益人是自己。我稱之為『最有智慧的自私行為』。」

「很有趣的道理啊，」傑克沉思道。「最有智慧的自私行為。」

「我們應該用自己的經驗來測試這些原則，看看是否為真？」尊者說。「例如，回想你人生中感到極大滿足的時候。很可能你會發現當時心裡是在想著別人。然後比較一下。回想你人生中最苦惱憂鬱的時刻。那時，你心裡頭想的又是誰呢？」

傑克正在回想比較時，尊者則繼續說道：「科學研究是最有用的。曾有研究使用核磁共振攝影掃描，受試者是專注於不同主題的冥想者。一般會認為最大的幸福感來自於冥想所帶來的平靜和放鬆。但是，大腦的前額葉皮層，也就是與正面情緒有關的那個部分，是在專注於他人的幸福時才亮起來的。因此，我們愈是『以他人為主』，我們就會愈快樂。」

傑克點頭，非常認同地說：「『自我成長』只能讓我們走到這裡。接著，還要有『他我成長』才行。」

達賴喇嘛含笑，雙手交握說道：「的確如此。」

傑克停了一會兒又說：「現在我才明白為什麼之前您會說，從這項體驗會產生有用的東西。」

「有個故事，其中的隱喻也許你會覺得受用，」尊者說道：「這個故事是，某人回到家就看到一大坨羊糞堆在院子裡。他沒有要人送羊糞來啊。他一點也不想看見羊糞啊。但不知何故，羊糞就是在那裡，他唯一的選擇就是決定如何使用它。他可以把羊糞放進口袋裡，整天到處抱怨這件倒霉事。但如果他這麼做，一段時間後人們就會迴避散發著羊糞味的他。但如果他選擇就近在園子裡用羊糞做肥料，這樣不是更有用處嗎？」

「在處理問題時，我們都同樣有選擇權。我們都不想要有問題，我們都不想看見問題。但最重要的是，我們處理問題的方式。如果有智慧的話，最大的問題反而會帶來最偉大的覺悟。」

那天稍後，我去了我在行政助理辦公室的地盤。我回想起上午傑克來的時候，當他一進來，整個室內立即被他的魅力所震撼，這點仍然令我驚訝不已——而他向達賴喇嘛坦誠自己的真實感受時，看起來又是多麼不同。傑克的情況讓我看到：外表與真實之間的差異竟會是如此巨大。有關如何處理人生的問題，我也反思了尊者的忠告。問題都是不請自來的，但我們如何處理便會決定我們未來的幸福或不幸。

那天近黃昏的時候，達賴喇嘛的司機來到辦公室裡。他上次來已經是一個多星期之前的事了。他一進門就立即注意到蜷縮在籃子裡的拉薩犬。

「這是誰啊？」司機問道。邱俠正在整理辦公桌，準備下班。

「喔，是我們在照顧的小狗，在等有緣人收養。」

「又一個西藏難民嗎？」司機俏皮地說笑道，還彎下腰拍拍小狗。

「類似吧，」邱俠說。「他本來是歸我表弟的鄰居所有，他們養這狗才幾個星期。之前，我的表弟常常聽到他們的院子裡傳來狗的嗚咽聲。」

「大約一週前，我表弟在晚上又聽到狗在屋子裡面汪汪叫。他繞過去，敲了敲門。都沒有人應門，但是狗就不叫了。第二天晚上，卻又叫了。他就覺得奇怪，到底怎麼了？好像是鄰居並沒有好好照顧狗呢。」

司機搖了搖頭。

「兩天後，我表弟向對面鄰居問起這事，原來狗的主人已經在上週末搬家了。全部清空。」

「小狗被遺棄了？」司機問道。

邱俠點點頭。「我表弟察看一番後立即破門而入。他發現凱凱被人用很粗重的鐵鍊綁在廚房裡，好像死了一般。看起來真的好可憐。沒有吃的、喝的。他馬上把小狗帶回家，設法讓他喝點水，吃點東西。但因為我表弟沒辦法養狗，他單身，也不常在家。所以……」邱俠聳聳肩，「他實在是無家可歸，就先在我們這兒待著。」

這是我第一次聽到凱凱的來歷。但是，親愛的讀者朋友，我不想假裝，我原先對他的確是表現得很冷。我還記得第一次看到凱凱時，我有多麼嫉妒他，對於邱俠給予他的關愛和食物有多麼令我憤慨。然而，我也回想起那狗兒有多逆來順受，還有他的毛皮狀況有多糟糕。現在知道了他的故事，我真的覺得對不起他。

「你好像在開動物收容所喔，」尊者的司機說道，「毛澤東有沒有欺負人家啊？」

哎呀呀呀呀，真討厭，我氣得貓鬚都抖了好幾下。對我而言，尊者的司機是屬於粗線條那一類的。真的要瘋了，他幹嘛老是用「那個人」來稱呼我呢？

「哦，我看她還沒拿定主意呢。」邱俠看了我一眼，用他那種特有的大方態度評估了我一下。

「還沒下判決嗎？」司機走到櫃子這邊，伸出手來摸摸我。「如果真是這樣，那她也算得上是一隻有智慧的貓喔。人們大多只看外表就要論斷他人呢。」

「而且我們都知道，」邱俠咯答一聲闔上公事包說：「**外表非常會騙人**。」

翌日一早，我進了助理辦公室後，看到籃子裡的凱凱，我不再像之前那樣完全忽略他了。這次，我走過去，試探性地聞一聞，再好好察看一番。凱凱也以相同態度回報我，接著他轉頭看向我，並且好好地看了我好一會兒。透過這番心意溝通，我們互相諒解對方了。

不過，我倒是沒有爬進他的籃子裡，讓他舔舔我的臉。

我不是那種貓。我想出版的也不是那種書。只是，我再也不嫉妒凱凱了。邱俠可以隨他自己高興帶凱凱去散步、餵凱凱吃很多好東西、對凱凱甜言蜜語……這些我都不在乎了。因為，我知道在這些表象的背後另有真相。就如同我在傑克身上發現的，再怎麼美好眩目的第一印象也可能正掩蓋著一個完全相反的真相。

我還發現，不用嫉妒別人時，感覺會更快樂。嫉妒和怨恨是會耗弱能量的情緒，會破壞自己內心的和平。為自己著想吧。不開心和不理性的情緒會毀掉一切，實在沒什麼用處。

不到半年後的某一天，傑克新成立的「他我成長組織」寄來一封信給尊者；那個浮雕信封還真是風格別具。傑克從大昭寺回去後，便把他的自我成長公司交由某同事管理，並且成立另一家公司，專門發展「他我成長」。他的想法是要鼓勵更多的人把他們的時間、金錢、社交技能等等貢獻給慈善組織。傑克原本是想要由公司選出那些慈善單位，但根據「他我發展」的精神，最後還是決定讓當事者自行選擇想要支援的對象。

幾個月之內就有一萬人多人簽署做支援者，也為世界各地的慈善機構募集了三百多萬美元。傑克說，各地朋友的踴躍支持，令他覺得振奮，使他謙卑，也更肯定生命的價值了。他感到前所未有的快樂和充實感。

尊者今年年底會考慮出席這個組織的成立大會嗎？或許吧。演講題目就訂為「幸福快樂的真實原因」好了。

丹增在讀傑克的信給邱俠聽時，他的聲音裡流露出不尋常的情緒。「雖然我在這裡工作二十多年了，」他說道：「常常，我仍然會感到驚奇不已。當人們把別人的福祉當作是自己的動機時，結果真的是……真的是……」

「無可限量？」邱俠替他說了。

「是的。就是……無可限量。」

尊者說：「慷慨（布施）才是成功的根本原因；努力是成功的條件。」

第五章

因果業報、根本原因、條件：英國女星、造林計畫

陪伴的是全球知名人物，自己卻默默無聞，這樣的生活會是容易的嗎？有些人相信，那些在社會名流身旁的無名小卒一定常常覺得被忽略、被低估，就好像豔麗光鮮的公雞身旁那些上不了檯面的母雞一樣。當公雞因為羽毛有光澤，黎明啼聲也好聽而贏得所有人的注意時，你是否可以理解：母雞有時也會渴望得到一點點聚光燈的照耀。

不過，對我這隻特別的母雞而言，卻不是這樣。

因為，在大昭寺這個小小世界裡，我已經是個名流了。在法郎咖啡館，我還是位可敬的仁波切呢！雖然尊者經常上電視，但他也不得不接受早、中、晚隨時會被拍照，以及隨時會有好多支麥克風擋住去路、等他開口……這樣的生活。他必須回答得出記者無情的提問，甚至還要他解釋一些很基本的佛教概念，就好像應用物理系的教授不斷地被追問，甚至被要求背誦九九乘法表那樣。達賴喇嘛仍然設法以真誠心和幽默感加以回應，當中也自

然流露出他的個人特質，以及實踐佛教的價值，其中最值得注意的便是：完美的耐心！

我真的不想出名；我之所以這麼「明確肯定」（或說，與您不同類）——還請多包涵，我用了雙關語——的原因是我一直以來就受到大量的媒體關注。聽我這樣說來，您可能會嚇一跳吧。您可能會想：噢，是嗎？但，你不是已經在《浮華世界》（Vanity Fair）看過達賴喇嘛的貓了嗎？那還是知名的時尚攝影大師派崔克．迪馬丘里（Patrick Demarchelier）親自掌鏡的呢。或者，您看過她裝作漫不經心的模樣，整理著她的貓鬚，擺弄她那雙穿著灰靴的修長美腿嗎？不然，至少也看過《哈囉》（Hello!）雜誌前來查訪她在喜馬拉雅山的豪華閨房內有趣的陳設吧？不過，在此我也必須沉痛地承認，我受到的媒體關注並不是那種封面光可鑑人的時尚服裝雜誌。被拍到？是有啦。名人專訪？天啊，沒有。

某個春日清晨，尊者比平常提早一小時結束靜坐，他想要到外頭走走。他會更動日常作息這種事也不是沒有聽說過；因為他常常有需要外出的行程，或者有什麼儀式要主持。但那天早上，即使他的兩位行政助理早早就簽了到，他的司機卻沒什麼特別的動靜。所以，我知道尊者應該不會走太遠。事實上，隔著院子，我還可以聽到他在低聲唸誦；所以，我也知道他不會去廟裡參加平日的早課。而當我一看到禮賓處處長開始執行安全檢查、停車檢查和其他動作時，很明顯，我們有客人哩。那會是誰呢？

汽車一輛輛開始抵達，從各種國際媒體派出的許多位記者和電視攝影小組紛紛下車。接著，他們被引領走上廟後方的一條小徑，進入附近的樹林。接著，有人通報說尊者的貴賓即將抵達。於是，尊者準備走下樓梯，丹增、邱俠也隨侍在後，連凱凱也被牽著尾隨其後。真是好奇啊，好想知道發生什麼大事了，我也就一個箭步，緊跟了上去。

在竄高伏低的途中，無意間我聽到了一些關於這位貴賓的片段資料：什麼「自由西藏運動」（Free Tibet campaign）啦；什麼「大英帝國的命令」（Order of the British Empire）啦。也有人提到她的博愛精神，還有就是她保持低調的生活方式，以及她平均分配在倫敦和蘇格蘭的時間啦，什麼的。

達賴喇嘛一走出來，貴賓也正好到達。她是位優雅的美女，金髮齊肩，舉止活潑。不像尊者其他客人的打扮大多保守正式，她穿著蠟棉防風外套、直筒卡其褲、咖啡色登山靴。

親愛的讀者朋友，想必您已相當清楚我的為人，也定能瞭解我從未洩露過尊者任何一位訪客的身分。這麼說吧，這位超棒的英國女星主演過無數的電視劇和舞臺劇，同時也是好幾個慈善機構的主要捐贈人。

傳統的問候儀式進行完畢後，達賴喇嘛和她便走向樹林。我跟隨著他們的腳步；同時，我身後還跟著一群隨從，他們小心翼翼地、謹慎地保持著距離。

「尊者，謝謝您支援我們的慈善活動，非常感謝您。」女演員說道。

「森林遭到破壞這件事與我們所有人都關係密切，」達賴喇嘛答道：「我很高興能幫上忙。」

這位英國女星談到森林的重要性，她表示森林是地球的「綠色肺臟」，有助於將二氧化碳轉化為氧氣。但是，因為要種植玉米和棕櫚樹榨油，所以，森林面積每一天都在急遽縮減。她指出，這樣一來便導致水土流失和水源污染問題，也會喪失生物多樣性。她解釋道，有許多物種，像猩猩，早已飽受生存威脅；因為已經沒有什麼空間可以讓牠們存活了。

「拯救森林不只是錢的問題，」她說：「還必須要有覺知與教育。我們需要動員更多的人採取行動，或者，至少要找到大力支持『重新造林』這個想法的人。因為您聞名全世界，也有廣大的支持群眾，如果您支持我們的話，這個信息一定能傳得更遠更廣。」

尊者拉起她的手說：「我們可以一起共同努力，得到最好的效果。妳一直非常、非常慷慨地支持這項工作。妳對自由西藏運動和其他慈善活動的支持，堪稱楷模。」

她聳聳肩表示這沒什麼。「我只是覺得這是我應該做的事。」

我們還走在森林小徑上。地面的一邊是月見草，另一邊是槲寄生。大杜鵑灌木上那些粉紅、大紅的花朵正在爭豔呢。

「如果連我們自己都擺脫不了消費主義，這一切可能都要被破壞了。」她做了個手勢，指向眾人。

尊者點頭表示同意。「妳的立意良善，付出卻不期待回報。」

「哦，那個我不在意啦。能夠付出，我覺得是我的好運氣。」

達賴喇嘛呵呵笑了起來。女星用探詢的眼神望著尊者。「您不這麼認為嗎？」

「是很幸運沒錯，」尊者表示同意。「但要說運氣的話呢？或許不是吧。我們遵循佛法的業報法則、因果律。沒有種下成功的『因』，就不可能有成功這樣的『果』。」

「我在這一行已經工作很多年了，」她承認道：「也走過一段相當低潮的時期。」

「我們把辛勤工作之類的事稱為『條件』，」達賴喇嘛說道：「但不是『因』。條件當然是必要的，這樣『業』才會發芽，就像樹需要土壤、水分、溫度才能成長一樣。但沒有業的因，沒有這初始的種子，就算條件再怎麼有利都沒有用，都結不了果。」

女星密切注意著達賴喇嘛所說的話。他們的談話有了意想不到的轉變，因為只要尊者感覺到適當的引導會使對方受益，常常就會有這種情況發生。

「如果說努力只是條件，那麼，成功的業因是什麼呢？」她問道。

尊者以非常仁慈的眼神看著她。「慷慨，」他答道：「**妳現在所享受的成功是來自於妳過去的慷慨（布施）行為。而妳現在所做的慷慨行為就意味著妳未來會享受更多的成**

功。」

我們已經沿著小徑走了好一會兒，已遠遠超過我以前自己探險所走過的距離，突然間發現，好像走到了樹林的盡頭，地貌也變成了禿岩和沙土交錯、坑坑洞洞的月球表面，只有幾棵枯木殘枝留下來作為這裡曾經有茂密植被的證據。

尊者和女星都停了下來。現場已經挖好了幾個洞準備進行植樹儀式。這些小洞旁邊就放著松樹苗，手推車上還有好幾袋土壤。記者群走出樹林和荒地後，便集合起來準備開始採訪，兩旁羅列的攝影機也嚴陣以待。

當我們身後這一大群人逐漸圍攏過來，照相機也開始喀嚓作響時，我突然感應到大自然的召喚（該上廁所囉）。身為一隻遇到這類瑣事仍堅持要求高標準的貓，我當下便決定要去找個既隱祕、土又鬆的地方。剛好，待會兒他們要握手拍照的地方後面，有一面大布條，上頭畫有這位女星所支持的慈善機構的標誌。看起來不錯喲——剛好遮得住。

我趁四下無人，便躲進布條後方。那兒非常安靜，成排的冷杉樹苗，就像那些即將在儀式中被種下的松樹苗一般排排站好。在更後面則是會讓每隻貓咪都倍感幸福的……一大堆肥沃、柔軟的盆栽土。

一看到這片美妙的景緻，我便一躍而起，歡天喜地蹦了上去，流露出貓咪愛玩耍的天性。我用小爪子翻翻這邊、那邊的土，還想爬到土堆最上頭，玩個盡興。一蹬上去後，我邊嗅著泥土味，邊揀選一個最舒適的好地方。

這裡有群樹遮蔽，寧靜祥和，我靜坐養神。清晨的空氣、松香味兒，沁人心脾，更因黎明鳥群甜美流暢的合唱而顯得生機勃發。我還可以聽到前方的話聲，女星正在發表演說的聲音，接著是一陣如雷的掌聲。

然後……就發生了那事，大布條突然掉落，連帶的，我的少女私密也慘遭曝光。原本大家要拍的是造林專案的這齣戲，這時，攝影鏡頭卻咻地全都轉到我身上來。

千萬別誤會。我們貓族從來不愛假正經，也不愛秀自己，尤其是在這種全球媒體群聚的場合啊。

就在那要命的一瞬間，現場唯一的聲響就只有照相機不斷喀嚓、鏡頭忙碌伸縮的聲音。緊接著是一波波蕩漾在人海中的笑浪。尊者是帶頭笑出聲來的人之一。隨後，女星還說了一些關於這些土壤必定有好好施肥之類的話。

我哪管得了那麼多，只想儘快逃離現場。於是飛快地從土堆上，連滾帶爬下來，還不小心跌進矮樹叢裡。我一刻也不停歇地衝回廟區，穿過院落，回到我安全的家。

之前我就發現了一個密道，可以進入我與達賴喇嘛共享的居所，無需等人來開門。所以，這次我趕緊溜進地下室的洗衣間，跳上架子，然後沿著窗台邊走到一扇打開的窗戶，進入餐廳。然後，一大早就耗盡元氣的我，就在那裡，蜷縮在一個大扶手椅上睡著了。

叫醒我的是烤牛排的美味香氣，那可真是人類發揮烹飪可能性的極限了。而當我抬起頭時，我這才意識到這會兒餐廳裡竟全是人！達賴喇嘛不在，應該是去做別的事了。現場是由丹增、洛桑、翻譯助理等人，照看著女星以及重新造林計畫的一行人。他們正在餐桌前享用豐盛早餐——烤牛排和蛋。春喜太太還忙著給他們多上些額外的炒蘑菇、洋蔥圈、法式土司。她一看到我扭來扭去，很快地就弄來一個白色小瓷盤，上面巧妙地疊著小小片的烤牛排，放到我身旁的地板上。

我們全都津津有味地享用著早餐，餐桌上的話題從植樹儀式聊到重新造林運動，又聊到這位女星今年的忙碌行程。然後，女星停了半晌，若有所思地說道：「今天早上聽尊者講『業報』，真是我聽過最有趣的一番見解。其實我們在西方連『業報』是什麼都不太知道呢。」

丹增自從在牛津大學就讀以來，就一直注意著這位女星，所以他很高興有機會可以跟她說說話。「對，我一直覺得有點奇怪。因果律可以說是所有西方科學的假設基礎。沒有什麼事情是無緣無故發生的；一切事情的發生都是因為先有其他事情。可是，一旦超越當前的物質界，西方人就只能講運氣、命運或神意干預。」

大家沉默了一會兒，腦中也在咀嚼這番訊息。「我猜想，」丹增繼續說道：「困難點在於業報並非及時顯現，『因』演化成為『果』需要很長一段時間。由於時間過長，所以看起來因、果之間好像沒有任何關聯。」

「對啊，」女星表示同意說道。「尊者說人之所以獲得財富或成功，那都是他之前的慷慨行為所帶來的，而非『努力、冒險、把握機會』。所以，要分清楚帶來成果的『根本原因』和『條件』是不同的。」

「真的，」丹增同意道。「要得到成果，根本原因和條件，兩個都需要。」

「有件事在我們這個圈子裡也不是祕密啦，」女星向她的夥伴們提到說：「有一年，我捐了一筆可觀的資金給重新造林運動，然後年底就發生了一件非常奇特的事。」

餐桌上有幾個人似乎心照不宣，只是面露微笑。

「我是在五月捐的錢。然後，到十二月，我收到的股票股利竟然是完全相同的金額，完全出乎我意料之外。很多朋友都說這就是業報。」

餐桌上每個人都笑了。

這位女星轉向丹增問道：「這樣解釋正確嗎？」

「我可以理解為什麼有人會這麼想，」他回答道：「但是，要小心，不能只從表面上去解讀。因為你某日給某人東西，並不意味著你因此就種下了根本原因，讓未來的你能收到一模一樣的東西。**業報法則的機制並不是帳面上的借貸關係，而是一種長時間的能量蓄積**。這就是為什麼即使是很小的慷慨行為，也可以成為未來更大財富的根本原因；尤其是動機良善的話，更是如此。」

女星和她的夥伴們都仔細地看著丹增。

「有趣的地方是，」丹增接著說：「我們付出的時候，不僅創造出未來財富的根本原因，我們也為自己已經擁有的財富業因，創造出成熟結果的條件。**努力工作和精明的生意頭腦都是財富的條件，但是只有慷慨行為是根本原因**。」

「你所說的話很有道理，」女星說道，「而且讓我想起耶穌也說過：『種瓜得瓜，種豆得豆。』」

「早期的基督教徒大多接受業報的概念，」丹增同意道：「東方西傳的不只是一些像魚和光暈的重要符號象徵。」他示意眾人看向牆面，其上懸掛的佛像頭頂也有明亮的天青色光環，他接著說：「我也覺得基督教的中心教義如『愛你的鄰居、有同情心』等等，也可能是兩千多年前沿著古絲路傳到西方的。」

客人們臉上的表情專注而熱衷。

「我搞不懂業報的一點是，」女星問道：「業報是在哪裡被決定的？如果沒有神來決定懲罰或獎勵，也沒有宇宙電腦追蹤記錄，所有這一切是在哪裡發生的？」

「這問題問到核心了。」丹增回答道：「一切都發生在我們的『心念連續體』之中。我們對『真實』的經驗比我們一般所認識到的更為主觀。我們並非只是事件的被動接受體。我們一直都在把我們個人對『真實』的理解積極投射到周圍的世界。遇到相同情況的兩個人，對已發生的事件會有非常不同的體驗。這是因為他們有不同的業報。」

「根據因果法則，」丹增續道：「我們可以一步步種下『善因』，然後去經驗到那種會帶來更大滿足和富裕的『善果』；我們也可以避免那種會導致不幸和缺乏資源的『惡果』。佛陀做了一個最好的總結，他說：**『思想展示為言語；言語展現為行動；行動養成習慣；習慣演化為人格。所以，要小心觀察自己的『思想』以及它的走向，要讓思想萌發自對衆生的關心與愛……正如影子會跟隨形體一般，我們如何思想，我們就會成為怎樣的人。』**」

不一會兒，女星和她的夥伴們紛紛站起來，感謝丹增和其他人的招待。眾人正準備離開，紛紛拿起外套和圍巾時，女星俯身往下看著在扶手椅上的我，我的四肢端莊地疊放在身體之下。

「天哪！就是那隻貓嗎……你知道嗎……就今天早上那個啊……」

丹增湊過來看著我時，擺出來的正是那張撲克臉，和他在法郎咖啡館發現我端坐在蓮花墊子上時一個樣。

「看起來是很像。」他承認道。

「我從來沒有見過小雪獅跑這麼遠。」洛桑說。

「喜馬拉雅貓在這裡人氣很高喔。」洛桑的助理也壯膽說了一句話。

女星搖搖頭苦笑道：「嗯，那時肯定是一場即興演出。」

那天傍晚，丹增向達賴喇嘛簡報當日要事時，他們享用著綠茶和薄餅；春喜太太在廚房的產量真是驚人。討論完當天大多數的活動之後，尊者轉向植樹儀式的話題。

「早餐吃得怎樣？希望客人們都滿意。」

「報告尊者，早餐很順利。我們的貴賓剛剛才打電話給我，說她特別開心，因為受到很大的啓發。」

「今天早上來了好多新聞媒體呢，」達賴喇嘛觀察道：「我從沒見過這麼多攝影機出現在大昭寺。」

「這件事得到很棒的媒體報導，」丹增說道：「但最有力的是YouTube視頻的瞬間病毒式傳播。顯然，已經有一千萬人次的點閱率了。」

「是關於植樹儀式嗎？」尊者揚起眉毛問道。

「一開始是植樹儀式沒錯。但真正的大明星……」丹增轉過頭看向我，「……是我們的小小仁波切。」

達賴喇嘛笑了起來。隨後，他收斂笑容說道：「或許，我們不應該笑。我不知道是誰受的驚嚇比較大；是記者，還是我們仁波切呢？」

他走向我端坐的地方，將我一把攬進他的懷裡，慢慢撫摸著我。「今天早上我們醒來時，沒人料得到妳會成為……怎麼說，轟動國際的話題人物呢。但是，妳在瞬間引爆了森林問題的曝光率，這點是遠遠超過多數人一生中所能做到的。」

我不禁咕嚕、咕嚕叫了起來。

「這真是最有趣的因果業報啊。」

旺波格西説：「第三個聖諦，『滅諦』是正向積極的。」

第六章

自愛執、蛻變：吐毛球、本區最佳餐廳

吐毛球！

還有什麼會比吐毛球更令人不悅的呢？親愛的讀者朋友，您說是嗎？

哦，得了得了。可別在我面前裝糊塗啊！並不會因為你是人類，就能對「自我迷戀」免疫啊。大家不都是這樣嗎？不時總擔心著，會在什麼情況下遇到其他人，而且，老愛翻來覆去地想著要穿什麼衣服，搭什麼鞋子，要怎麼修飾打扮才好？這些可不只是簡單實用就好喔，是和你想要投射到這個世界的形象有重大關係的。

在談到自己的時候，你不是偶而會巧妙地透露新近入手的名牌貨嗎？不是偶而會炫耀某個被你電到的浪漫情人嗎？或者，某個你終於可以擺出來的、非同尋常的瑜伽體位？你之所以有種種說法，不也是意圖要營造出某種你心目中的特別形象？

要不，麻煩你說說看，從醒來那一刻起，直到睡著為止，是誰占據了你絕大多數的思

想空間？說說看啊？還有，你目前最大的焦慮和壓力來源到底是……？你也可以想想某些貓咪，或許就在離您目前所在位置不遠處的一隻，他們有時候會在自我迷戀的下墜式漩渦中陷得很深，以至於，儘管他們激動地舔啊，抓啊，撓啊，**儘管他們瘋狂地努力，希望自我感覺更好，但是最終他們能成功達成的也只不過是嚥下大量的、致病的利己主義渣滓，**我是真的毫不誇張地說。

如果只是因為讀了以上幾段話，你就已經感到喉嚨裡有一坨不舒服的疙瘩，那你絕對可以明白「吐毛球」這種事有多麼令人懊惱。如果你沒有疙瘩，那麼，很明顯地，比起大多數人，你的心理狀況調適得還算不錯；果真如此的話，我呢，就必須因為有點汙蔑到你的人格，鄭重向您道歉了。當然，您也就沒有必要讀這一章了。所以，容我建議您跳到下一章嗎？

我自己則是因為在襁褓時期即被強行拖離母親和兄姐的身邊，所以對於某些貓族的行為我是完全無知的。這就是為什麼我第一次的吐毛球經驗既是意外，也是不愉快的。身為一隻美麗貴氣的貓，又是偶爾會用最昂貴的比利時果仁糖寵愛自己的那種，我最大的負擔之一便是「梳理自己」成了不得不的任務。實在是太容易被困在舔毛和理毛的循環中，根本意識不到會有什麼後果。

那天早上，我在檔案櫃上全心全意地從事這項活動時，丹增銳利的眼神就已經往我這邊看好幾次了，邱俠甚至還走了過來，設法要分散我的注意力，當然是無濟於事嚕。我感受到來自體內的顫動似乎變得更加強烈，也更全面。我，就是停不下來地要舔自己！

然後，我感應到了。突然間我就是知道必須得下來到地面了。於是，我穿過辦公室，經過凱凱的籃子。一到走廊上，就感覺我整個胃都翻轉過來，就好像所有內臟都要狂奔逃難似的。我蹲在地毯上，全身忍受著哮喘似的折磨。猛烈痙攣的節奏迅速增加，不斷增加，直到……嗯，我想，還是省略細節不說的好。

邱俠跳起來，馬上拿起當天的報紙，用婦女時尚那一版清理地毯，那上面有我留下來的大量貓毛。而我則溜到廚房裡，喝點水清潔一下。當我再回到那裡時，已經沒有任何跡象顯示我先前的恐怖經歷了，只見一如聖殿般平靜的走廊。

我回到檔案櫃上的位置，呼呼睡去。要讓不悅感盡快成為過去，有什麼會比睡個好覺更好呢？

不過那一次沒睡成，一陣令人迷惘的濃厚香水味弄醒了我。那不正是科諾詩的香味，也正是法郎先生就在幾公尺內的明證？咦？我沒有去法郎咖啡館啊！

過了一會兒，就聽到法郎先生的舊金山口音，使我更加確認他的到來。邱俠和丹增都不在辦公室呢。且慢，門框中出現了圓耳朵馬塞爾的剪影哩。又過了一會兒，邱俠拿著皮帶走進來。他把沉睡中的凱凱搖醒，把皮帶扣在凱凱的頸圈上，然後，便領著他走向馬塞爾。馬塞爾實在是興奮過度，瘋狂地用力搖尾巴，好像忘了自己還被皮帶勒得緊緊的哩。

法郎和邱俠就在走廊上繼續談話，那兩隻狗則互相嗅起對方的臀部。法郎完全專注於正在發生的一切，沒有注意到端坐在看戲雅座上的我正關注著事態發展。雖然幾個星期之前丹增曾意外出現在法郎咖啡館，令我有些不安，但此時當我看著局勢的進展，這一切開始有點道理了。

法郎表現得彬彬有禮。他穿著頗為正式的深色夾克和擦得晶亮的烤花紳士鞋，他還是很殷勤，和咖啡館來了重要貴賓時一樣。相對的，邱俠在敍述凱凱的故事，以及他為何暫避於大昭寺時，還是一如既往，就是那個絲毫不受外在影響的邱俠。

他們領著狗兒在外頭的院落裡散著步。我則走到另一扇窗，可以更清楚觀察局勢，繼續靜觀其變。此時，馬塞爾和凱凱都鬆綁了，他們追逐著對方，又打又鬧。這兩隻狗兒可能會成為好朋友喔。

邱俠和法郎往回走時，開始討論到凱凱的飲食和睡眠習慣。然後我聽到邱俠說：「如果您可以考慮一下，我們所有人，包括尊者都會非常感激您的。」

「不用考慮啦，」法郎向他確認道：「看起來他們倆相處得還不錯。這是我的榮幸啦。」

邱俠微笑，低頭看了一下凱凱。「雖然他只是短暫留在我們這裡，但是我們會想念他的。」

法郎回答說：「我也會帶他回來看大家啊。」

接著，尊者辦公室的門打開，他走了出來。

法郎很正式地行起跪拜大禮時，達賴喇嘛則呵呵笑著，把雙手貼在前額上。

「尊者，這位是法郎。他很慈悲，同意要照顧凱凱呢。」

「很棒啊。」達賴喇嘛伸出雙手握住法郎的手。「慈悲是很棒的。」然後，他瞥見法郎手腕上戴著的那些加持過的彩繩。「喔，你受過這麼多加持？」

像往常一樣，法郎開始唸出過去十年中，他接受過幾位高階喇嘛灌頂的清單。尊者很有耐心地聆聽完後問道：「那誰是你的老師呢？」

「所有給我灌頂的喇嘛都是啊。」法郎答道，好像在複誦教條似地。

「追隨一位老師，上他的課，」尊者說道：「是有益處的。灌頂和教本也都有幫助。

但是在一位合格的老師指導下修煉會更有幫助。想要學鋼琴，卻不設法盡量去找到最好的鋼琴老師，你會這樣做嗎？不是還得想辦法黏著老師不放嗎?!求『法』（Dharma）也是相同的道理。就是這樣。」

這則忠告讓法郎大受啓發，他認真咀嚼一番；稍後他開口問道：「您可以推薦哪位老師給我嗎？」

「你嗎？」尊者邊尋思，邊看著法郎左耳上晃動的 Om 字型黃金耳環。最後，他說道：「你可以問問尊勝寺的旺波格西（Geshe Wangpo）。我想他應該會很適合你。」

過了一會兒，法郎帶著凱凱離開了大昭寺。我很好奇，好想知道在法郎咖啡館的那些時髦大陽傘下，人們會如何描述今天的事件。也不禁猜想，我是否能保住我那個象徵受寵與蒙恩的寶座？呃，就是最新一期《時尚》和《浮華世界》中間的那個位置。現在的凱凱有了法郎當監護人，他肯定會因為得到「達賴喇嘛的狗」之類的稱號而聲名大噪。如此一來，我還會是人們又愛又敬的「天下第一貓」嗎？

我還想知道，為什麼接下來的幾天，只要一閒下來，邱俠和丹增就會在瞥見對方時，互相咕噥說聲「旺波格西！」鼻子好像還會發出哼笑聲似的。

所有的這些問題很快就有了明顯的答案。就從旺波格西開始說起吧。這事發生在大約一星期之後，我在我最喜愛的窗台上閉目養神時，再度被驚醒。喔，又是那陣熟悉的、法郎的鬍後水氣味。雖然隔得有點遠，但那氣味還是隨著空氣像打蝴蝶結似地，從樓下的院子纏繞上我所在的窗邊，那時的我正在練「四腳朝天蜥蜴式」。當我睜開眼睛，正好看到法郎從大昭寺的大門走進來。

好奇心勝出，我很快就準備好下樓。法郎走近時，我也正好出現在階梯上。看到他後，我還順便演練了招式豐富的拜日式，動作也做得很深入，就好像我一整個早上都在那兒空等他似的。法郎看到我這個熟悉的老友，似乎也對此次來訪安心不少。他還彎下腰來摸摸我呢。

不一會兒，旺波格西從廟裡走了出來。他大約五十歲左右、圓臉，雖然身材短小健壯，渾身卻散發著超越身高的權威感，這點一如他的外表，無法說明他非凡的力量。他出現的那一瞬間，我就明白了為什麼達賴喇嘛推薦旺波格西來做法郎的老師時，邱俠和丹增總忍不住笑意：要是比這位格西更增一分嚴厲的話，後果就會難以想像了。

他似乎心如止水，法郎自我介紹的時候，他也只是淺笑著。

「不知道您是否考慮收我當您的學生？」法郎問道，他周遭那團科諾詩香水氣流，Om字型的黃金耳環和黑色緊身衣，在這種特殊時刻，顯得多麼不合宜啊。

「你可以先來上我每週二晚上的課，」旺波格西答道：「要接受某人做自己的老師之前，要先瞭解他、要確認。這點很重要。」

「是達賴喇嘛親自推薦您的。」法郎馬上回嘴。

「即便如此，也許你不會喜歡我的做法。我們的風格不同、取向也不同。」聽起來旺波格西好像是在勸阻他不要來。「或許別急，給自己多點時間想清楚了再下決定，這樣是比較明智的做法。一旦你接受某人做你的老師，」他動了動食指繼續說：「你就必須心甘情願地遵循他的建議。」

但法郎並沒有打退堂鼓。「可是，是尊者推薦的，」他的語氣還算恭敬啦。「那對我來講，應該是夠好了吧。」

「好吧，好吧，」旺波喇嘛只得同意道。他點頭時注意到這位新學生的手腕，便問道：「你參加過很多灌頂儀式。你的誓言一定讓你生活很忙碌吧。」

「什麼誓言？」

「就是接受灌頂時，你承諾會做到的那些事情。」

「喔？我承諾了嗎？」

旺波格西的眉頭皺了一下。「所謂『灌頂』就是『開始』某種修煉，如果你不想修煉，那為什麼要接受灌頂呢？」

「我沒想到……」法郎露出前所未有的懦弱、蠢笨模樣。

「你受過哪些加持呢？」

於是法郎又開始熟練地背誦出他接受密宗灌頂的一長串清單，日期、喇嘛名號，只是這次他用的是我一點也不熟悉的口氣在唸。聽起來一個接著一個的灌頂，不再是可供吹牛炫耀的誇示，反倒是在不斷承認自己的無知和愚行。

當他終於唸完，旺波格西先是認真地看著他，接著卻大笑起來。

「怎麼了？」法郎問道，他很清楚自己成了旺波喇嘛大笑的對象。

「你們西方人啊！」旺波格西收拾著情緒，然後說：「太好玩了！」

「我聽不懂。」法郎聳了聳肩膀。

「佛法是內在的旅程，」旺波格西說這句話時，把手貼在心上。「佛法不是跟別人說『我是佛教徒』，也不是穿起某種衣服宣稱自己是佛教徒，更不是相信自己是佛教徒就好了。『佛教徒』是什麼？」他攤開兩手示意。「那只是個名詞，只是個標籤。如果裡面的產品不純正，那麼標籤有什麼價值呢？假的勞力士錶罷了。」他的眼睛頑皮地眨了一下。

法郎顯得手足無措起來。

旺波格西搖了搖手指頭說道：「我們尊勝寺這裡可不想要假勞力士啊。」他說：「我們是來真的。」

「那我這些加持過的彩繩要怎麼處理？」法郎問道，語氣有點不開心。

「你自己決定就好，」旺波格西告訴他說：「這種事情只有你自己才會知道。這不是別人能替你決定的。」接著，至於這位新學生耳朵上晃動的閃亮物件……他拖著法郎的胳膊說道：「走吧。我們繞著廟宇走走。我兩腿需要伸展一下。」

於是，兩人就開始以順時針方向繞拜廟宇。我則在後面緊緊跟著。旺波格西問法郎他是哪裡人，法郎說他從小在加州長大，也談到是他對旅行的酷愛最終把他一路帶領到了達蘭薩拉，還讓他決定經營起法郎咖啡館的生意。完全出乎意料之外。

「我一直覺得深受佛教吸引，」法郎告訴旺波喇嘛：「我還以為不斷接受高階喇嘛灌頂就是我應該做的事。我也知道應該打坐，但是我實在太忙了。我沒瞭解到我需要一位老師，也不知道應該規律地去聽課。」

法郎說完後，旺波格西伸出手緊握了他的手一下。「我們就從這裡重新開始吧，」他建議道：「你知道四聖諦嗎？」

法郎顯得很猶豫，但還是說道：「其實我聽過。」

「佛陀開悟後最先教導的就是四聖諦（苦、集、滅、道）。從四聖諦來瞭解佛法是很好的。你看，佛陀就像醫生，你感覺身心不適時就要去看醫生。首先，醫生會檢查症狀。然後，他會診斷病況。下一步，他會說：這個問題可以如何解決——並預估治療後的結果。最後，他開立處方箋和治療方式。佛陀和醫生一樣，他們採取的這四個步驟完全相同，用來處理我們的人生難題。」

法郎目不轉睛地看著旺波喇嘛。「佛陀他發現了什麼症狀？」

「在一般情況下，」旺波格西說道：「督卡（dukkha），梵文意指極度的不滿，包括了從身體不適的小事，到身體上、情緒上最深沉的痛苦。佛陀理解我們在日常生活的經驗中有那麼多的苦，壓力又大。光是要做自己而已都很辛苦呢。」

法郎點點頭表示贊同。

「這種不滿的原因很多。像是『出生』此一事實就意味著必須面對死亡，以及很可能要承受的疾病和老化之苦。無常也是不快樂的另一個原因。我們或許可以得到我們想要的東西，但之後就……」旺波喇嘛輕彈一下手指，「……變。」

旺波格西繼續道：「但是，導致我們不滿的根本原因，那個『根』，是我們錯看了事物存在的方式。我們誤以為人和物都是各自獨立的，都是不同於我這個個體的。我們還相信別人具有我們喜歡或討厭的特點、素質。**我們認為外面所發生的一切都與我們無關，我們只不過是給予回應罷了，就好像發生在我們身上的一切都是從外面來的。**」

他們默默地又走了幾步後，法郎問道：「為什麼這樣的看法錯了？」

「當我們很努力去看，反而會找不到『本質』，任何人、任何物體的本質，包括我在內都一樣。我們實在找不到任何異於『心』的本質存在。」

「您是說……」法郎說話的速度突然快了起來，「其實什麼東西都沒有，一切都是我們自己編造出來的……」

「對。這是最常見的誤解。這精妙的真相被稱為『緣起』（dependent arising），是需要很多研究和靜坐才能真正理解的。但這也是力量最為驚人的概念；若能開始理解，必當扭轉命運。量子物理科學家也已經證實，**佛陀所教導的是事物存在的道理，而事物如何存在？這問題有一部分是取決於我們自己的心念。這意味著——第三個聖諦，『滅諦』是正向積極的。**」

「是因為我們可以學習控制心念嗎？」法郎試著解答。

「是啊，是啊，」旺波格西輕快地點了點頭。「如果這一切不滿，這所有的『苦諦』都是從外面來的，那我們也不可能做什麼了。但正是因為『苦諦』是源於自己的心念，這樣，我們便有了一絲希望。所以第四個聖諦是一種療癒，治療我們的心理問題。」他再次看著法郎，臉上有個大大的微笑。

但法郎對旺波喇嘛所說的話太過認真，執著起來，便又追問：「那治療是什麼？」他想要知道。

「佛陀的所有教義，」旺波格西答道：「據說他給了八萬四千種教導。」

「就是佛法嗎？」

「是的。你知道佛法的意思是什麼嗎？」

法郎聳了聳肩說：「佛陀的哲學？」

旺波格西歪著頭說：「廣義而言，要這麼說也可以。**在佛教，我們對『法』的解釋是『止息』，就是停止不滿，終結痛苦的意思。**這就是佛陀教導的目的。」

旺波喇嘛停頓了一會兒，他們也走到了廟宇後方的大樹旁，那裡的樹蔭在步道的上方張開成一把大傘蓋。他們腳邊的落葉遍地。

「你知道嗎，曾有人問過佛陀一個關於宇宙的神祕問題。他回答問題的方式很是有趣。」旺波格西彎下腰，雙手掬起一把落葉。「他問學生們：『我手上的葉子比較多，還是這樹林裡的葉子比較多？』結果學生們都說：『樹林裡的葉子比較多。』佛陀就說：『我手中的葉子代表的是終結苦諦的知識。』就是這樣。」旺波格西打開他的手，讓樹葉飄落到地上，「佛陀對於他的教導目標非常清楚。」

「佛法有八萬四千種，那您會從哪裡開始呢？」法郎在繼續繞拜的途中問道。

「《菩提道次第廣論》（Lam Rim）是個很好的起點，是通往開悟的次第步驟，」喇嘛告訴他說：「它教我們要更加意識到自己的心理行為，要以更積極的思維取代消極思維。」

「聽起來好像心理治療喔。」

「的確！益西喇嘛（Yeshe）是首批將藏傳佛教帶到西方的喇嘛之一，他就曾經說過類似的話：『做自己的心理醫生。』他寫過的一本書就是用這句話作為書名。」

他們倆又沉默了一會兒，然後法郎問道：「有些喇嘛是千里眼，這是真的嗎？」

旺波格西仔細地盯著他，然後問道：「你為什麼會這樣問呢？」

「我只是在想……我有哪些消極的思維模式，需要好好改一下啊。」

「你不必是千里眼也可以知道那個。」

喇嘛的語氣很堅定。

「不用嗎？」

「每個人的基本問題都一樣，只是用不同的樣貌表現出來。主要的問題就是：我們都是『我』專家。」

法郎不解其意，便抗議道：「但我不是啊，我不是『眼科』專家啊。」

（譯者注：英文的「我」和「眼睛」同音。）

「不是眼睛那個意思。是『我』，『我、我的、我自己』那個我。」

「哦！啊哈！」

「我們無時無刻不想著自己。即使這樣做只會讓我們不快樂又煩躁。過分關注自己會使自己生病。每天，內心的聲音喋喋不休。從早到晚，這內心的獨白從不間斷。但矛盾的是，我們愈是能夠想想如何使其他眾生幸福快樂，我們自己反而會愈快樂。」

法郎深思這句話時，看上去有點沮喪。「像我這樣的人沒什麼希望了，對吧？」

「怎麼說？」

「我擁有一間生意不錯的餐館。我一周工作七天，每天工作時數也很長。我沒那種時間去思考要怎樣讓其他人快樂。」

「但我覺得你有個很大的優勢哩！」旺波格西反駁道：「別人的幸福並非抽象的想法。你不需要去深山裡靜坐冥想這件事。你可以從家庭和工作開始，可以從你的生活中遇到的那些人和生命體開始。如果你有客戶，可以把每一個人都當作是實踐慈悲之愛的機會。你可以只是賣咖啡給他們喝，也可以選擇在送上咖啡時，外加一個微笑，或某個可以讓他們和你在一起時會更幸福的東西。如果你有員工，嗯，那你就是他們生活裡一個非常重要的人。你有強大的力量可以使他們幸福，或不幸。」

「我不了解，」法郎問道：「為什麼經營餐廳賺錢會和學佛有關係？」

「當然有關囉！所有的一切都是佛法的一部分。你的餐廳、你的家人、一切。當你剛開始的時候，修持佛法就像高山上的涓涓細流。那一點點的水流經土地，所能影響的也許只是一小塊，大約五公分見方的綠地。但隨著你修行佛法越來越多，那水流會愈來愈強，而且會有其它河流加入。水流可能偶爾會斷斷續續，有時像瀑布，有時會潛入地底，消失無蹤，但水流一直都在，而且不斷在積聚能量。最終，水流會變成大河，河面寬廣，水力強大，就像佛法也變成了你生命中一切的中心一樣。」

「要像這樣思考你所實踐的佛法，每天都在成長。給予他人的幸福也日漸增長，而你自己也因此愈來愈快樂。」

幾天後我坐在行政助理辦公室的檔案櫃上時，我又感受到那種熟悉的刺痛感，那股難以抗拒的、想要舔舔舔的衝動。所以，我又開始舔自己。在舔自己的過程中，我還是會回想起恐怖的吐毛球事件，以及旺波格西所說的話：「**如果過於關注自己，就會使自己生病**。」此外，我也記起了喇嘛所說的要多關心別人。於是，過了一會兒，我按捺住衝動，停下來不舔了，並從檔案櫃上跳下來。

丹增戴著眼鏡，專心地在為達賴喇嘛寫一封給英國首相的重要電子郵件。邱俠則在檢視尊者即將進行訪問的東南亞行程。

我溫柔地喵了一聲，輕輕跳到邱俠身旁，推了推他放在鍵盤上的手。

兩位行政助理交換了一下眼神。邱俠還沒弄清楚我是怎麼回事，我就感恩地舔著他的手背。

「怎麼回事啊？我的小雪獅？」他驚問道，因我對他流露出的情感而大為訝異。

「太不尋常了，」丹增繼續說：「你有注意到嗎？她剛剛又開始在舔自己了。也許又要吐毛球了。」

「我沒注意到。」邱俠邊伸手拉開抽屜邊說：「但我可以幫忙。」.

他從抽屜裡拿出一個包包，裡面有梳子和刷子。然後，把我從他的辦公桌上托起，帶我到走廊上去。就在那裡，他開始梳理我的厚毛衣，每一刷都會刷掉一大球絨毛。

我發出滿足的咕嚕咕嚕聲。接下來，我咕嚕嚕地哼叫了十來分鐘，因為他又梳了我的背，我的側腹，還有我那又潔白又蓬鬆的肚子，啊，太舒服了。邱俠除去了每一個糾結的毛團，讓我全身的毛海閃耀著如絲綢般的光澤，還讓我享受到前所未有的幸福感。

我完全放鬆了頭頸，緊閉雙眼，我想如果這是我祝願他人快樂而得到的回報，那麼，我還真應當多多如此祝願呢！

法郎領養了凱凱，並與旺波格西見面後的幾個星期之中，我特別留意了法郎咖啡館的狀況。馬塞爾和凱凱現在是固定的好搭檔，他們共享櫃檯下方的大籃子，也一起被領著出門蹓躂。現在的凱凱眼睛明亮、閃著淘氣的光采，不再是以前那副毛髮稀疏，身形瘦弱的模樣了。

我則是鬆了好大一口氣，身旁的人對我的態度並沒有明顯的不同。我仍然是仁波切，是達賴喇嘛的貓，我的寶座就在咖啡館內最高的層架，每天都有人為我端上當日最美味的特別主菜。

但是，法郎個人的變化我是不可能看錯的。自從他與旺波格西一起繞拜廟宇之後，我再次見到他時，便立即注意到他耳朵上的 Om 字型黃金耳環不見了。我接著往下看他的手腕，那些加持過的彩繩也不見了。顯然他有把旺波格西所比喻的假勞力士錶放在心上，也選擇了正道；也許不容易走，卻是更為可取的。

現在，法郎每天清晨都會靜坐，所以會比過去晚半個小時才開始工作。他還開始戴起棒球帽，從白天直到夜晚，一刻也不脱掉。起初我想不通這棒球帽是怎麼回事。但有一次，他拿起帽子搔頭時，我注意到他新長出來的頭髮。隨著頭髮越來越長，他之前的模樣也開始淡化。他也比較少去講什麼佛教徒，什麼佛法的。甚至也很少會跟客人提到說我是達賴喇嘛的貓了。至於法郎咖啡館家族的新成員——凱凱——的來歷更是連一次都沒提過。

業報法則的運作總是令人好奇，法郎的蛻變時程與機緣配合得簡直是天衣無縫。

某日中午，有一對看起來很熱誠的夫婦來到了咖啡館。他們仔細查看著午餐的菜單。穿著淺駝色衣服的他們，有點苦行僧的味道，也許又是來探索印度的西方知識分子吧。男的也許是來自美國某大學的講師，研究古印度佛教。女的也許是瑜伽老師，或是在另類自然療法中心工作的廚師，或素食主義者。他們全心全意地咀嚼食物，似乎很認真地在體驗法郎咖啡館的服務。

直到他們吃完了甜點，也幾乎喝完了咖啡，也就是大約一個半小時之後，當那個男的用右手食指很肯定地點了一下，並召喚法郎時，我還真嚇了一跳。他們兩人不是第一次交談。男的在點選主菜之前，已經詳細問過法郎各種問題了；法郎也以全新的態度，和藹親切地照應了客人。

「我是想說可以稍微自我介紹一下呢，」他操著文雅的英國口音說道：「在下是《海德爾餐廳指南》（*Hayder's Food Guides*）的查爾斯．海德爾（Charles Hayder）。」

要說法郎很驚訝，這樣的說法實在是太輕描淡寫了。應該說，法郎他……他驚到「掉下巴！」《海德爾餐廳指南》是全球公認一等一的指標。多國語言發行，評價也很高，他們的力量足以摧毀一家餐廳，當然也可以讓它爆紅。

法郎咬字模糊地說了一些什麼「我的榮幸」之類的話。

「是一位住在新德里的朋友介紹我法郎咖啡館的。我們就想說來試試看吧。」海德爾邊說邊點頭，並看向他笑容亮麗的妻子。「我必須說，這頓飯，我們今天享用的這頓飯菜相當出色。每個小地方都很出色！到目前為止，可說是本區最好的餐廳。我們會在紐約時報的印度專欄中加以推薦的。」

法郎真是驚到呆，以至於這時是他生平首次，呃，不知道說什麼好。

「唯一讓我有點失望的是，」海德爾做了一個保密的手勢，繼續說道：「我朋友說這裡的現場經理很虔誠，一心想要做個佛教徒。但看來好像只是誤傳呢。」

法郎停頓了一會兒，低頭看著他沒戴上許多彩繩的手腕。「不是，不是誤傳。」法郎說：「他以前確實是。」

「啊，所以法郎咖啡館也蛻變了嗎？」

「其實，不只是表面那樣，實際的蛻變要深刻得多。」法郎說道。

「我想的確是如此！」海德爾呼應道：「可以說深刻到滲透進整個餐飲體驗裡了。」

他臉上浮現一絲苦笑說：「雖然有違常規，但是我想我會寫出一篇完全是正面評價的感言。」

親愛的讀者，一位高階喇嘛短短的一席話就能永遠治癒了貓族或人類的「自愛執」嗎？這種想法光用想的就有夠愚蠢。在所有的假象幻覺之中，「自我迷戀」也許是其中最為狡猾、最會偽裝的；乍看之下好像完全消失了，實際上卻會在最荒謬的情境下，以最意想不到的樣貌再次展現出來。

但是，我再也不曾陷入自我迷戀當中而瘋狂吐毛球了。

法郎也沒有。

改變已經發生。我們都朝著新的方向前進。未來幾個月，法郎咖啡館將會有各種各樣耐人尋味的事態發展，我也將會一件一件地，不斷有新發現。

尊者說：「我遇到一些人，商界領袖、演藝人員，還有其他人，他們都告訴我，那些曾經是有生以來最糟糕的事情，事後看來，結果卻變成最好的。」

第七章

習慣的產物、以自我為中心的連續劇：一行禪師、農夫和馬、高帥虎斑貓

習慣的產物。你是習慣的產物嗎？雖說無論是哪種馬克杯，只要是馬克杯都可以達到相同的目的，但是在你家廚房裡所有的馬克杯之中，難道沒有你最愛拿的某一個？難道你沒有某種個人專屬的儀式，或許是你讀報的方式，或許是某個一定要來杯美酒的夜晚，甚至是某種沐浴方式，這些習慣都能給予我們一種放心的感覺。好像生活可以因此而得到確認、因此而能維持住它應當有的樣貌，不是嗎？

針對這些尖銳的提問，親愛的讀者啊，如果你對任何一題的回答是肯定的，那麼，你某一世真的曾經是貓喔。而我，身為一隻貓，實在想不出還有什麼比這個「習慣的產物」更能突顯貓的特點了。

我們貓族正是習慣的產物之最。最愛的日光浴場地、用餐時間、隱身洞、貓抓板，這些都是讓我們對日常生活感到滿意的條件。正因為許多人類也擁抱這種日常例行常規的信

念，我們貓族才會容許他們和我們同住一個屋簷下，甚至還留下他們來擔任我們的工作人員。

當然，我們也都很享受某些混亂。生活會多麼平淡啊，如果不能……例如說，偶而嘗點新菜色。就像那天，春喜太太面露勝利笑容，帶著一大盤烤茄寬麵來到大昭寺，讓大夥兒嘗嘗鮮那樣。又或者像在法郎咖啡館消磨一個上午時，看著某個亞洲人不厭其煩地把他的早餐吐司切成一小塊、一小塊，再分別把奶油和果醬塗上去，然後用筷子挾著吃。

這類事件都是我喜歡的消遣。但是，若有更重要的事情威脅到我的舒適生活，那可就完全是另一回事了。**我在此要說的正是「改變」。這是達賴喇嘛最喜歡的話題。也是生活中唯一的「不變」，正如佛陀本人所說的那樣。**

對於大多數的人類和貓族而言，這樣說可能沒錯：改變嘛，最好是別人改，而不是我們自己改。可是，唉，有時就是逃不掉。你單純到以為那些你熟悉的生活、安定人心的儀式和習慣會無限期地延續下去。然而，就是會不知從哪兒冒出來一頭剛被皮帶鬆開、還淌著口水的鬥牛犬，或者某種惡魔突然現形……反正，就是會有些什麼意外現身在你面前，讓一切頓時被扔進狂野的混亂中。

我發現此一真理的過程還不算是太坎坷。那是某日尊者與我結束清晨冥想，信步走向行政助理辦公室的時候。一開始誰都沒有說什麼話。這個特定的工作日就像任何其他一天那樣地開始，充滿了電話鈴聲、會議討論聲、司機來接尊者到機場的車聲。我早就知道他將離開兩個星期，去訪問歐洲七國。我已在大昭寺居住八個多月，期間，尊者剛好也頻繁出國訪問，我因此有了這種他經常出國旅行的想法。他不在時，他的部屬會確保有人會好好照顧著我。

多半是這樣……

但是那一次，情況變得非常不同。那天上午才過了一半，就有兩名男子來到了辦公室，他們穿的連身工作服上沾滿了油漆色塊。邱俠帶領他們走進來，直達我與尊者共用的居所。他們很快就架好梯子，並在地板上鋪設塑膠膜。

緊接著的竟是駭人巨變。他們卸下牆上的照片和唐卡、窗戶上的窗簾布，傢俱則全都用帆布蓋住。在幾分鐘之內，我那純粹的聖殿就淪落為我認不出的荒原了。

邱俠將我抱起，我還以為他會向我保證沒事。我太期待他會為這起動亂道歉，會告訴我油漆工他們很快就會走掉，而且會確認我的家很快、很快就會再度是我的家。然而，事情只變得更令人痛心而已。

他帶我回到他的辦公室，把我放進曾出現在他辦公桌上的醜陋木箱。木箱是用粗劣的木料做成的，而且小到我在裡面根本無法轉身。我甚至都還沒來得及抗議，他便鎖緊了木箱蓋子上的金屬扣環，並把整個木箱帶下樓。

我都不知道我的哪一種感受更激烈——是憤慨？還是恐慌？憤怒先開始主導。這是綁架啊！他怎敢未經許可，幹出這等惡事！他忘了我是誰嗎?!達賴喇嘛才剛轉身離開耶！在所有人當中，竟是這個常常顯得古道熱腸的邱俠！他到底是屈服於哪一股惡勢力了？如果尊者知道發生了這種事，他無疑地會立馬下令結束這一切的。

邱俠先走過尊勝寺的一邊，那是我很熟悉的路徑，接下來則是一條我從來沒走過的小路。他邊走邊順著呼吸，唸著咒語，一如平常隨和的模樣，似乎沒什麼不祥的事情發生。有時候，他會停下來與人簡短地交談，還有幾次他將木箱舉得高些，好讓別人可以看看我，我覺得自己都成了動物標本了。我只能透過兩片木頭中間的一道裂縫憤怒地往外查看，但也只能瞥見棗紅色長袍的一角，和穿著涼鞋的腳。假如我能破箱而出，發動我無影貓爪快狠準的攻擊，我鐵定會這麼做的。

邱俠繼續行走。我突然想到這種事其實以前就發生過。也不只是針對我個人，這一次應該也不是。歷史上曾有段時期，一些出身高貴、教養良好的貴族被人從家中拖出來，受盡粗魯的對待，人生只剩下淒風苦雨。讀過歐洲歷史的人或許已經猜到，我說的正是法國大革命。

我現在的遭遇和法國大革命又有什麼不同？溫文有禮的邱俠已經變臉成為法國邪惡的

獨裁者羅伯斯比爾（Robespierre）了嗎？他沿路把我展示給人們看的心態不就是發生在那些倒楣的貴族身上的事情嗎？當時在巴黎，他們被綁在推車上遊街，直到被送上可怕的斷頭臺，我驀然想起，約一周前，丹增一邊大嚼著他的午餐三明治時，一邊就是在描述這種令人毛骨悚然的儀式。

我更害怕了。邱俠每向著未知的土地邁出一步，我就愈恐懼。這趟旅程的終點站應該不是斷頭臺，不至於吧……但我頭一次揣想著，如果這不是邱俠弄錯的話呢？如果這的確是達賴喇嘛首肯的某個計畫呢？也有可能是尊者說了一些語意模糊的話，而這些部屬卻解讀成是他不要我了呢？如果我會從「尊者貓」降級為西藏村裡隨處可見的「大眾貓」，我該怎麼辦呢？

我們現在來到的地區一片荒蕪。我透過木箱的裂縫，看到的是泥土路面和破落園子，聞到得是刺鼻氣味，還聽到小孩子在哭鬧。邱俠接著彎進另一條泥土路，來到一棟醜陋不堪的水泥建築。他又接著往裡走，我只能約略判斷，他應該是走進了一個開放的門廊，前後好像都有大門可進出。院子裡有幾戶人家的門是半開的，可以看到他們一家子全擠在一起住，還有些人家正圍坐在地上吃飯。

綁匪邱俠從長袍裡掏出鑰匙。他打開了其中一扇門，然後走進房內，把木箱擱在地上。

「我的家庭真可愛，」哼著歌曲的他，心情真愉快。他解開了木箱的金屬鎖頭，把我抱出來，將我不住哆嗦的小小身軀安放在……顯然是……他的羽絨被上。「尊者貓啊，妳得跟著我住一陣子啊，要等到那邊的房間完工才可以回家喔。」他邊解釋，邊撫摸著我，意思好像是說，這是他的好意，沒讓我留在那兒經歷一生中最痛苦的磨難，他只是帶著我走了二十分鐘罷了。「應該不會超過一星期啦。」

一星期！

「他們得重新上油漆呢。房裡的一切，牆壁、天花板、窗框和門都要上漆。漆完以後，房間就會像是新的一樣了。這段期間，你就在我家渡個假吧。我侄女樂霞會好好照顧妳的。」

那個叫樂霞的女孩年約十歲，眼神明亮，手指頭卻髒兮兮的。她剛從外面進來，見到我們後便跪在地上，然後就用高分貝的聲音尖叫，好像我是個重聽的笨蛋似的。

我逃到床頭，耳朵往後貼平，尾巴無力下垂，我爬到羽絨被底下。至少被褥上還有我所熟悉的邱俠味道。

我尋求黑暗的庇護。

接下來三天我就待在那裡，盡可能地多睡。起身也只是為了上個洗手間；回來後，就繼續蜷縮成一團悲慘的、毛茸茸的球。

邱俠每一天都去上班，大部分時間都不在家。樂霞很快就厭倦去逗一隻從不回應的懶貓。她愈來愈不常來找我，就算來，也很快就走開。直到我漸漸地，熟悉了這裡的幾戶人家一整天發出的各種聲響，也習慣了他們做飯菜的香味……終於，在半明半暗、半夢半醒之間過了三天後，我終於承認：真是無聊死了。

所以在第四天快傍晚樂霞回到家時，我首度從羽絨被底下爬了出來，跳上椅子。然後，我們發明了一個新遊戲，完全是偶然間發明的。那是我在磨蹭她的右腳時，她的大腳趾竟然滑進我的左耳裡面，其他的腳趾頭則留在外面。這樣一來，只要她輕輕擺動大腳趾，便可即興提供我一場愉快的耳穴按摩——嘻，我聽到自己感恩地咕嚕、咕嚕叫起來哩。這是達賴喇嘛或任何一位工作人員都不曾做過的事情，但是我自己竟發現了這樣好玩的遊戲，這種感覺真是爽快極了。左耳弄完就換右耳，我抬起頭看著樂霞笑聲咯咯，我第一次體會到快樂並不一定需要某種特定的環境才可以。

我走到門口，到了門廊。樂霞跟上來照看著我，我實驗性地想往這棟建築的後面走去。就在隔壁我看到一名女子和三個孩子坐在地上，她邊攪拌著爐上的鍋，邊哼唱著像是童謠的曲調。這首曲子我已經聽了三天，他們好像都是在做各種味道的飯菜時才唱。我很好奇，很想要看他們一眼。沒想到，他們完全不是我想像中那些吵鬧的惡魔，他們的體型小得多，看起來也很正常。

我出現在他們面前的那一刻，他們停止了手邊的事，轉過身來盯著我瞧。毫無疑問地，我抵達此地的消息已傳遍了整棟建築。他們意識到自己出現在達賴喇嘛的貓面前時，好像嚇呆了嗎?!我確信他們一定是驚嚇過度了！

終於，一個大約八歲的孩子做了件事。他從鍋裡撈起嫩肉薄片，還吹了吹，讓肉沒那麼燙口後，送上來給我。我猶豫地聞了聞。這不是法郎咖啡館的菲力牛排。但，我餓了。奇怪的是，聞起來，還挺開胃的。我張口從他手中接下肉片，邊咀嚼邊沉思起來，我必須承認，這樣的美味實在是好得沒話說。

樂霞和我繼續走過後院，那是一塊光禿禿的土地，盡頭是一面高約三尺的牆。當我跳到牆上後，覺得好驚訝，我看到遠處有個寬廣的足球場。分成兩隊的少年郎正在漫天風沙之中大戰，他們在爭奪的一顆——球，只是一團用麻繩緊緊綁成的破塑膠袋。現在我可知道了，原來這些興奮、震天的吶喊就是我在羽絨被裡聽到的怪聲。

樂霞跑來我身旁看球賽，雙腿就在牆上盪著。她好像認識那些球員，偶爾還會大喊，鼓勵鼓勵他們。我也就在她身邊坐下，看著比賽進行：這是我有生以來第一次觀賞足球賽，相較於大昭寺久坐的生活、緩慢的步調，足球顯然活潑有趣多了。

直到抬頭一看，周圍民房裡全都點上了蠟燭和燈光，我才注意到天色已晚。隨著夜風飄送而來的是各家的飯菜香，以及杯盤交錯的叮叮聲響、笑鬧爭吵、沖水聲和電視聲。這些和尊者房間裡我最喜歡的窗台雅座是多麼不同啊！但我不能否認這裡有一種充滿活力的能量，所有的生命都這樣大喇喇地活著。

太陽滑下地平線，天空也更暗了。樂霞早已回家，只留下我孤身坐在牆頭，貓爪全收攏在身子底下。

在那當下，我注意到樓房側邊的動靜，一個流暢的身影毫不費力地滑向四十加侖大小的圓桶旁。是貓！而且不是什麼大眾貓，是隻非比尋常的貓，他的身形高大健壯，皮毛的深色條紋亮麗生動。我想他應該就是我在廟宇前院，在市街攤位的綠光投影下第一次見到的那隻氣宇非凡的虎斑貓！他坐在那大桶上偷看著我有多久，我無從得知。然而，他的舉止讓我確信他對我並非沒有興趣。

他從荒廢後院的一頭走向另一頭，完全地忽視我，好像我並不存在似的。但還有什麼比這個更明顯的呢？

突然間，我全身顫抖起來。任何人在一旁看我，可能只會覺得我坐在牆上，不動聲色。但我的思想、我的情感正經歷著一場驚心動魄的風暴。虎斑貓剛剛踱步的樣態是在宣示，是在表明這裡是他的地盤。從他曾涉險遠征大昭寺這點看來，顯然他也頗有身分地位。當然，他身上的「鯖魚虎斑」顯示他只是平民出身。不過，他管轄的領域已經大到令人驚歎了。

而且，他是為了我而裝模作樣的！

我毫不懷疑他會再來的。但不是今夜，當然。今晚的話，那也太明顯了吧。不過……是明天嗎？

不久，邱俠下班後走回到門廊裡時，樂霞抓住他的手，帶他走來我坐著的這裡。

「尊者貓，看到妳來外面，我好高興啊！」他一把將我托起，用他的下巴撓我。「這下子妳回復正常了。」

那一刻我的確體會到很多事情。可是，「正常」並不在包括在內。

翌日，我幾乎等不及樂霞下午返家。我一整個早上都在梳妝打扮，好讓我渾身的淨白長毛更加蓬鬆晶亮。耳朵徹底清洗過了，長鬚也亮晶晶。我還精力旺盛地演奏了大提琴，活潑的快板多於慢板，你們若熟悉捷克作曲家德弗列克的著名協奏曲的話就會知道的。

樂霞一開門，我便飛奔而出。回到昨日的牆邊後，我極力表現出只是偶然路過的模樣。我醞釀著隨興的心情，好像自己也很意外竟然走到了那裡。牆下的足球比賽再度如火如荼進行著。我身後的民房傳來我日漸熟悉的平民生活的聲響。樂霞在我身旁坐了一會兒讀著教科書，然後又跑回屋內。

我從眼角裡瞥見了他。他的身影出現在那個四十加侖的大桶上。我起身，先舒展一下前爪；然後擺出一副蠻不在乎的模樣，慢慢伸展我的背。接著，我跳下牆，作勢要走回屋內。

如我所願，這個舉動果然刺激到我的仰慕者了。

無聲地，他從大桶子上一躍而下，朝著我回家的路上走過來。我們彼此在可容忍的距離前停下腳步。那是第一次，我直接看向這雙明亮有神的琥珀色瞳孔。

「我們以前是不是見過？」他問道，用的是史上最老套的搭訕台詞。

「應該沒有吧。」我努力讓聲音聽起來有足量的鼓勵，但又不會顯得太隨便了。

「我確定我見過妳。」

我的確知道他在哪裡見過我，但絕對無意讓他得知：他只不過看我一眼，就已經讓我多麼地無法自持了。

不可以。至少現在不可以。

「這附近有好些喜馬拉雅貓，」我答道，微妙地道出我那雖無文件證明，卻也無可挑剔的出身。「這裡歸你管轄嗎？」

「嗯，上至大昭寺，」他說道：「下至大街上的市場攤商那邊都是。」

市場那邊？離我最喜愛的地方不到一個街區，於是我問道：「那法郎咖啡館呢？」

「妳瘋了嗎？那家主人很討厭貓的。」

「但是根據《海德爾指南》，那裡可是喜馬拉雅山區的最佳美食餐廳。」我淡淡地說著。

他眨了眨眼。

沒見過市區來的時尚貓姐嗎？我正覺得奇怪時，他發問道：「妳是怎麼進得了……？」

「你知道有句話說：『你認識誰很重要』？」

他點點頭。

「這句話不對，」我謎樣地一笑，繼續道：「應該說『誰認識你才重要。』」

有好一會兒，他不說一句話，只是盯著我瞧。我看得出他眼神中對我滿是好奇。

「對一隻非市區住民的虎斑貓，妳有何建議呢？」他終於試探性地問道。

噢，天啊，他好可愛！

「若能叫她感動，就戴上純金帽，」我開始引述丹增心目中的最佳美國小說《大亨小傳》的經典名句。

「若能跳躍，就為她跳躍，直到她喊道：『我的郎君，我那戴金帽、愛跳躍的情人，我一定要你！』」

他低頭沉思，鼻頭微微抽動了一下。然後他抬起頭問道：「出處是？」

「我知道的一本書。」

他聽完就轉身要走。

「您這是要去哪？」我張口呼喚，再一次因為他高大挺拔的英姿而感到又驚又喜。

「去弄一頂帽子來戴。」他如此答道。

第二天上午不見他的蹤影，但我隱約感覺到那天下午鐵定能見得到他。

我從未有過這種浪漫的錯亂感，這種混合了嚮往、恐懼、動物性的磁性相吸，令人暈眩、猜不透，卻心動不已。那天上午我的腦海裡都是他，連邱俠在午餐時間回到家，我都沒能注意到；他平常都是晚間才回來的。我甚至沒注意到他從床底下拿出那個裝過我的木箱。直到他把我托起，送進箱裡，我這才意識到發生了什麼事情。

他解釋道：「工人們提前完工了，」聽他的口氣，好像我應該很高興似的。「我也知道妳待在這兒有多不開心，我想妳會想要盡快回家哩。」

就這樣，悄悄地，我被送回大昭寺。

毫無疑問，重新粉刷的工作做得很棒。我所熟悉的房間因為新上的漆而變得明亮起來，一些固定的擺設也都擦得無比晶亮，所有的東西都還在，只是更清潔光亮。唯一的改變是特別為我而做的：在窗台上添了兩個長方形的褐灰色羊毛墊，讓我能更舒服地坐臥。

我一回家便感受到丹增對我關懷備至，他手上清新的石碳酸皂氣味辛辣地提醒了我，真的回到家了。我也吃到我最喜歡的貓食品牌，心情大好。那天下午，尊者的部屬都回去後，只留下我安靜自處，我應該感到很滿足了，因為借住在人多擁擠的西藏村所受的委屈已離我遠去。

但，我並不滿足。

我好想要回到那裡去！我渴望見到虎斑貓！如果我只留在大昭寺的象牙塔裡，我們怎能有再見面的機會？他會不會以為我唐突地不告而別，是因為我對他沒興趣？像他這樣有著獅王般氣勢的虎斑貓，肯定不乏追求者。萬一在我們能重新聚首之前，他就決定要放棄我，那我該怎麼辦？

我回想起待在邱俠家這件事，好像只是一場不堪回首的夢。我必須承認我是個大傻瓜，竟然花了整整三天躲在羽絨被裡。白白錯過了青春！實在是太浪費了！我只能想像，如果我第一天就外出，而非等到第四天，那麼事情會是怎樣？我與我的虎斑貓男友之間的關係又將有何種進展？我可能會有某些特別的經驗嗎？可是，事與願違，是我自己沉浸在荒謬的自憐自艾中，以至於錯失良機了。

達賴喇嘛翌日就回來了。他只需踏入房間，所有的一切都會再度好起來。既然尊者回來了，我對關係的焦慮和對自我的指責，所有這類創傷似乎也就不再與我有何關連了。在他說出一個字之前，他充滿幸福寧靜的存在似乎已讓各種負面想法煙消雲散，只留下一種長久不變的深刻安住感。

達賴喇嘛由丹增和邱俠引領，查看這些裝修過的房間，他臉上綻放著喜悅的微笑。他們指著新的黃銅門把，以及解說更強大的安全措施時，他不住讚歎著：「非常好！很棒！」

他們一走，他便過來撫摸我。他看著我的眼睛，並低聲說了一些禱文後，我感覺到熟悉的幸福光輝又將我籠罩。

過了一會兒，他說：「我知道妳最近過得不太好。待會兒，妳的好友春喜夫人會來做午餐。我相信她會特別為妳準備一些美味的食物。」

尊者那天的客人，即便我從未聽過他的大名，我也知道他是個非常特別的人，因為除了那個穿著比丘長袍的小小老人脆弱的身軀以外，他鎮定自若的神態也透露出他驚人的力量。看來，他的行腳計畫因為法國有工會罷工而暫告中斷。達賴喇嘛領他坐進舒適的扶手椅，他對這位訪客所面臨的旅行上的挑戰似乎感同身受。

但是，一行禪師（Thich Nhat Hanh），這位禪宗大師、導師、廣受敬愛的古魯，也是寫出許多令人驚歎暢銷書的作家，他聳聳肩，並不在意這種種困難。

「誰知道這樣子延誤之後，又可能帶來怎樣的機會呢？我想您一定聽過『農夫和馬』的禪宗故事吧？」

尊者做個手勢讓他繼續說下去。

「這故事的背景是在日本古代。那時候，馬可不像現在這麼簡單，當時的馬是衡量財富的標準。」

達賴喇嘛尊者點了點頭。而此刻的我也不禁豎起耳朵專心聽一行禪師開講。

「有個農夫得到了他的第一匹馬，所有住在附近的村民都來祝賀他。他們都說：『擁有這麼雄壯的馬，你一定感到非常驕傲！』」

「但這農夫他瞭解『平常心』的重要，所以他只是笑道：『好說，好說。』」

「不久，這匹馬衝出馬廄，跑到鄉間。村民們都很同情農夫，他們都說：『多可怕的悲劇啊！多大的損失啊！遇到這種事的人怎麼可能恢復正常生活呢？』」

「再一次，農夫只是笑笑說：『難說，難說。』」

「不到一星期的某日，農夫一早醒來便發現這匹馬回來了，而且還帶著兩匹野馬。農夫輕輕鬆鬆地帶領牠們進了馬廄，並關好牠們身後的門。村民們幾乎不敢相信所發生的事，他們都說：『真是叫人驚訝的好運氣！應該大大慶祝一番才是啊！誰能相信天底下真有這種事呢？』」

「當然，農夫只是笑道：『好說，好說。』」

「接著，農夫的兒子開始要馴服這兩匹野馬。這是相當危險的工作。在過程中，他從馬背上摔下來，腿斷了。因為這樁意外發生在收割前不久，所以農夫沒有兒子幫忙，正面臨莊稼來不及收割的巨大挑戰。這時村民們紛紛表示：『你的命好苦哇！』『在這種時候，有兒子也幫不上忙，世間還有什麼比這個更不幸的呢。』」

「難說，難說。」農夫自始至終只有這一兩句話。

「幾天後，天皇派兵到每個村莊徵召健全的青年男子從軍。天皇決定要打仗，正在募集大軍。但農夫的兒子因為腿斷了，所以免服兵役。」

一行禪師笑了笑說：「禍福就是如此這般繼續下去。」

尊者面帶讚賞的微笑看著他：「很美的故事。」

「是的，」他同意道：「比起不斷因變動而作出回應好太多了，否則我們就會像是陷入了某種以自我為中心的連續劇情節。有如坐雲霄飛車般上上下下了。」

「的確，」達賴喇嘛說道：「我們忘記這只是早晚的問題而已，先有時間，才有變動，而且，又再一次看到觀點的轉移。」

在傾聽這兩位偉大的精神領袖之間的對話時，我發現針對我近來的境遇，要「誠實承認」與「避免回應」同樣都很令我難過。我回想起曾經對邱俠是如何的憤怒，而他想要做的只不過就是好好照顧我。當時，我甚至還揣測他是個革命分子，而且是殺人不眨眼的那種！

而我隨後的反應，躲在床上過了三天墮落的生活。多可悲啊？我後來才知道把自己埋藏在邱俠的羽絨被裡時錯過了什麼樣的機會。

以自我為中心的連續劇。若真要堅定又慈悲地誠實看自己，這不也精準地描繪出我過生活的方式嗎？

「很多時候，」尊者說道：「我遇到一些人，商界領袖、演藝人員，還有其他人，他們都告訴我，那些曾經是有生以來最糟糕的事情，事後看來，結果卻變成最好的。」

「我們被迫打造出一條新路徑，」一行禪師說道：「如果我們願意，這將會走向更多更大的一致性與成就。」

「是的，是的。」尊者也表示同意。

「即使情況變得特別糟糕，」尊者的訪客繼續道：「我們仍能找到嶄新的契機。」

達賴喇嘛顯得心事重重，過了一會兒他才說：「我一生中最黑暗的時刻就是離開西藏。如果中國不要入侵我們國家，我現在仍在拉薩。但因為這個侵略，所以我現在在這裡，還有許多比丘和比丘尼也都來了。然而，在過去五十年裡，佛法也因此而傳遍全世界。我認為這是有益的貢獻。」

「我非常肯定這一點，」一行禪師道：「也很可能是因為五十年前這個事件，今天我們才能在此相會。」

而我，也才能成為尊者貓，我這樣想著。

而你，親愛的讀者，也才能捧著這本書。

那天晚上，一肚子裝滿了春喜夫人美味的雞肝丁兒的我，坐在鋪了新墊子的窗台上，眺望著廣場另一邊閃爍的綠光。一陣陣輕柔微風帶來松樹林和杜鵑花微妙的香氣，伴隨著比丘們的祈禱吟誦聲。

驀然驚覺自己正看著空無一物的大石，那是我第一次見到虎斑貓的地方，是我非常希望能……等一下。我檢視著自己。這不正是以自我為中心的連續劇情節的根本原因嗎？

在我陷得更深之前能夠看清楚自己的狀態，這一點我相當滿意。緊接著，我又覺悟到「對自己相當滿意」可能是另一個陷阱，仍然會陷進以自我為中心的劇情當中。

哦，還不都是佛法訓練出來的！難道我們不能稍微欺騙自己一下嗎？連一滴滴都「不可以」麼？

我想起一行禪師：他的鎮定自若，他的力量，他的簡單。

我遠眺廣場另一邊閃爍的綠光，並潛沉沒入暗黑的沉思之中。

好說。難說。

尊者說：「不能說：『我本來就很容易生氣。』……當我們能看見自己的問題，要改就容易多了。」

第八章

食物的奴隸、憤怒的犧牲品、換框法：覆盆子冰沙、墜樓事件

如果您曾仔細觀察過貓族，您可能會對我個人有較為深入的瞭解。並不是我有意塑造出來的那一位。而是，無論我喜歡與否，身為作家都會下意識地、不小心地洩露出來的那個自己。不只是從書頁上的字句，還有字裡行間的其他細微線索。就好像追蹤心路歷程時，那條小徑一路上的麵包屑，或者，若您也是比較喜歡鮭魚片兒的話，我也可以更生動地説，那是一條走幾步路就會有鮭魚片兒的小徑。而且啊，鮭魚片上以蒔蘿完美地綴飾，或灑有幾滴清爽香濃的蛋黃芥末醬。

當然，您可能不是在適合法庭辯論的環境下閱讀此書。這就是為什麼我要直接跳出來告訴你這個簡單事實的原因。事實就是，説實在的，要讓自己這麼坦白並不容易。那就是，我是一隻極度喜愛食物的貓。我説的喜愛，呃，很抱歉，並不是美食家那一種。

親愛的讀者啊，我、是、個、貪、吃、鬼。

我知道，我知道，難以置信，對吧？你看到我時絕對想不到的，我有巧克力包裝盒般精緻的長相，加上一對迷濛的藍寶石電眼。但實情是：一身華麗的長毛衣掩飾了凸肚。說起我的小腹，不只曾經因為太大而妨害了身體健康，甚至還一度把我當奴隸使喚。

如此受食物支配當然不是我引以為傲的事。地球上有哪個文明會推崇嘴饞、大吃大喝、不知節制的快樂主義者？但是，在您論斷之前，且讓我問問：您有沒有試著想像過，貓兒打發她一天生活的樣子？

每天早上沒有第一杯咖啡可以興奮期待，那是寫在法郎咖啡館的客人臉上的表情。也沒有在晚間時分，第一口滑落喉間的長相思白葡萄酒（sauvignon blanc）那種令人情不自禁將雙眼閉上的回味無窮。我們貓族並沒有什麼管道可以使用這些日常提振心情的物資。如果我們感覺無聊、沮喪，或常見的頭痛，甚至面臨生存危機時，除了簡陋的貓薄荷之外，就完全沒有藥物之類的以茲慰藉。

我們有的只是食物。

問題在於，是在哪個關鍵點上，享受維生的食物會從健健康康的快樂活動，轉變成為威脅性命的癮頭？

以我自己為例，那一天我記得很清楚。

尊者已有六個多星期都留在居所，沒有出外行程。期間，每一天都排滿了貴賓來訪，其中有些人獲邀得到午餐的款待。春喜夫人一直都是大昭寺廚房歌劇院的強檔要角，她也總是搏命演出，讓每一天的表現都精彩可期。

她自己要粉墨登場，卻也從來沒忘記「創世紀以來最美生物」的需求。她不只是不斷供應我美味佳餚，而且一天天地我的美食清單也不斷累積增長。「兜雀咪哦」（Dolce mio）我的甜心，她會這樣地低聲呼喚，把我摟進她豐滿的胸脯，親吻我的頸項。「忒搜林諾」（Tesorino），小寶貝兒，她也會一邊輕柔哼唱著，一邊在我面前放下滿滿一盤雞肝丁兒。對春喜太太而言，「食物」是「愛」的物質展現，這兩樣她都能熱情慷慨地給予他人。

於是，我建立了某種常規。早餐就在我們的私人居所食用，這是專為達賴喇嘛準備的。然後，不到中午，我便向法郎咖啡館走去，晉美和阿旺兄弟會在那裡準備菜單上的午餐。中午之前，當日主餐中最美味的第一口會專為身為「仁波切」的我保留下來。我會津津有味地用完餐，然後在最高層架睡個一小時左右。下午三四點的時候，我會走回大昭寺，那時春喜太太也大約在廚房裡整理完畢。我跳上廚房長凳後，只需喵嗚個一聲，她便會給我送來一碟美味，附贈豐富的詞句，讚嘆我精緻的美貌、魅力、智慧、出身，還有，在那個當下特別令她動心的、我的種種過人氣質，唉……還真是多到數不清啊。

要滿足最挑剔的貓科動物的味蕾的話，上述這些應該就夠了，可能還會有人說會不會太多了一點呢。但是，我再問一次那個問題好了，就是哲學家和財經專家兩方都投入非常多能量的那個問題：到底要多少才算夠呢？

就是這個問題，讓我從那一天起，由「美食家」一路下滑，變成「暴食家」。

那一天，我從法郎咖啡館出來，正要走上山。我在館裡已經放縱地大吃了一頓特別豐盛的鮮橙燴烤鴨。我可以肯定，因為這頓午餐，要爬上山的確得比平時花費更多的力氣。所以，我第一次在拍賣市集外面的人行道上停下來歇腳。

事有湊巧，派特太太就坐在她們家商店外的凳子上，她一眼就認出我是尊者養的貓。她馬上進入一種高度興奮的狀態，命令她女兒去店後方替我拿一碟牛奶來，還勸我別急著上路，要我盡量舔，舔夠了，力氣也足了再說。因為我不希望冒犯她，所以便照做了。

我舔著奶時，派特太太又叫她女兒到隔壁雜貨店買一小盒鮪魚罐頭，然後倒出一些，裝了一碟送到我面前。我其實不習慣接受陌生人給的食物，但我已觀察派特太太許多次了。她是個身體健壯的長輩，幾乎一整天都在跟路人聊天，看起來是個心地善良又溫柔的女性。她把碟子放下來時，罐頭鮪魚的那股海水鮮美的鹹味，讓我的鼻孔抽搐起來。

我那時是想說，那就吃個幾口，表示表示善意就好。

結果，第二天下午我準備走上山時，都還沒走到拍賣市集呢，派特太太就已經把牛奶和鮪魚擺出來等著我了。僅此一次的放縱就變成了危害日深的惡習。

更糟糕的還在後頭。

幾天後，仁慈的派特太太竟在我去法郎咖啡館的路上攔截我。那時，她正嚼著一塊雞肉餡的飼饢餅，一見到我，她便精選出幾小塊，掰給我吃——這分多出來的早午餐點心，很快就成了我的例行常規的一部分。

「貓知道什麼對他是好的。」這句諺語時有耳聞。另外還有一句則說「貓餓了才會吃。」可悲的是，親愛的讀者啊，這些都不是真的！雖然在當時，並不了解這點的我，就已經踏上這條通往不快樂的危險道路。

在山上的大昭寺，川流不息的訪客似乎也在增加。在來自世界各個角落的長途電話做了最後行程確認之後，更多的賓客一路從英迪拉·甘地機場直奔喜馬拉雅山區西藏村。一如往常，春喜太太勤於配合客人的來歷出菜。無論是俄羅斯客人要的「克雷錫恩·必哩尼」牛奶雞蛋煎餅（krasnye blini），或是阿根廷客人喜歡的「杜爾切迪雷切」牛奶焦糖（dulce de leche），為了取悅尊者的貴賓，讓他們驚喜，春喜太太真的是不遺餘力。

但誰會忘了她做的覆盆子冰沙呢？就是有一次為了遠道從美國加州來訪的那位集醫生、演說家、作家於一身的印度名人所準備的覆盆子冰沙呀！達賴喇嘛的部屬沒有一個會忘掉。當然春喜太太自己也不會忘掉才對。

這位訪客是當周備受矚目的第三位；在他之前，已經有兩起廚房事件嚴格考驗了春喜太太有限的耐心。第一起事件與大廚房的冰箱在一夜之間全部故障有關，那是一場令人百思不得其解，而且狀況有如定時炸彈般恐怖的災難。冰箱裡超過一半的食物全毀，大家急需在時間緊迫的情況下分頭上菜市場、雜貨店、專賣店去找食材、調味料或替代品。若說春喜太太整個下午都表現出腦神經衰弱的症狀，這樣的說法不算過分。

接著是兩天後，主菜才一上爐座，瓦斯就沒了。供應廚房火力的瓦斯桶空了。而且，沒有多餘的備用瓦斯可供應急。結果，我們這邊派出飛毛腿數名到尊勝寺廚房搜出所有可用的電鍋。開這種天窗，對主廚而言，實在是不可饒恕的大錯。

一周內可能會連續發生三起類似事件嗎？春喜太太已做好萬全準備，以確保萬無一失。此次，當然特別檢查過瓦斯桶及備用狀態。因為新的冷藏設備還在運送途中，所以便暫時徵調了樓上供工作人員使用的冰箱；冰箱內的食物也一而再、再而三地徹底檢查過了。廚房裡的每樣食材和器皿也全都嚴陣以待。這場午宴絕對不會出錯的。

果然，沒有出包。

至少是一開始，沒有出包。我們進度超前，春喜太太拿出她連夜做好要當作甜點的巧克力節瓜蛋糕和角豆堅果球。春喜太太在尊者前往廟宇赴上午的約會之後不久便來了；她因為「壞事總成三」這種迷信說法而焦慮、辛勞、憔悴不堪。但她可不想任由命運擺布。

蘆筍冷盤很快就裝盤完畢，印度巴斯瑪提香米也安全進入電鍋，蔬菜也都上了燒烤架。該是處理椰子豌豆仁的時候了。

然而，春喜太太一打開裝豌豆仁的袋子就大叫「壞了」。應該是從大廚房冰箱挪到樓上的員工冰箱時，不知怎的沒有檢查到豌豆的狀態。儘管上層看起來還好，但是下層很多包豆子都已經軟爛了。不管怎樣，它們已全數報廢。

比起飄過岡格拉山谷的季風雲團，春喜太太的臉色是更準確的天氣預報。她對著當天被分配到廚房輪值的三名倒楣的比丘狂吼了一陣後，馬上派出兩個上菜市場買豆子，另一個則銜令趕到尊勝寺請求緊急支援。春喜太太壓力好大，見人就發飆，她一擺動兩手，那些黃金手環就鏗鏘作響。她覺得爛豆子是惡兆，一定還有更糟糕的事情在後頭。

她猜的……果然沒錯。

上菜市場找豆子的那兩個遲遲未歸。時間分秒必爭哪。趕去求援的人則回報說尊勝寺此時派不出人手。春喜太太對他咆哮起來，說他還不趕緊去問問樓上。然後，尊者的行政助理邱俠就驀然發現自己匪夷所思地成了主廚助手，而且，在春喜太太底下的人員補足之前，不得擅自離開。

他的第一件任務是去員工冰箱取出覆盆子，並開始準備做一道阿育吠陀的點心：覆盆子冰沙。

「找不到覆盆子啊……」幾分鐘後他回到廚房，如此回報。

「不可能。我昨晚檢查過。就是冰箱裡用紅袋子裝起來的那個啊。」春喜太太斬釘截鐵大聲說道，並做手勢要他再回樓上再找。「紅色袋子啊，紅袋子。（SACCHETTO ROSSO）」義大利文都飆出來了。

但，情況不妙！

「真的沒有，」邱俠隨後回來再次確認道：「沒有紅色袋子。」

「狗屁啦！」春喜太太砰地一聲關上櫥櫃的抽屜，震得所有餐具叮叮咚咚。然後一陣狂風般衝上樓，只丟下一句：「你給我看好烤架上的蔬菜！」

廚房裡沒有人聽不到她重重踩在階梯上的腳步聲，或她的高跟鞋斷續傳來她大步走過樓上地板的扣扣聲，或她親自證實了可怕的真相後，憤怒的嘶吼聲。

「到底怎麼回事？」她回到樓下廚房後質問著大家。她的臉漲成紫褐色，火眼金睛的，她把那一周以來所累積的全部挫折在那一刻全數傾倒出來。這個打擊對她來講實在太大，她仍然無法相信，也無法接受，以至於心頭亂糟糟。

「昨晚還在的，我很確定。現在……（nulla，niente），什麼都沒有啦，什麼都沒有啦！覆盆子在哪裡啦?!」

「很抱歉。」邱俠搖搖頭說：「我也不知道。」

他故作輕鬆的態度仍然無法安撫她。

「你在樓上工作。你肯定知道的。」

「員工廚房……」

「我嚴格指示過：誰都不能碰。沒有東西可以取代覆盆子啊。要特別從德里訂購才有啊！」春喜太太突然推開邱俠，自己站到爐架旁，「不能這樣啦，你個笨蛋！」原來她覺得他動作慢吞吞，又沒能把節瓜烤出她喜歡的色澤，便一把搶下他手上的叉子說：「我可沒有一整天的工夫等你！」

她徒手抓起蔬菜，烤到翻面，然後在烤架上輕拍一下。「還要我怎麼做？發動尊勝寺的比丘去找覆盆子嗎？」

邱俠很明智地緊閉雙唇。

「還是要打電話給鎮上每一家餐館？」她愈說愈氣，「還是要叫我們的貴賓路過德里時，順便買一袋過來？」

春喜太太烤完了所有蔬菜，轉過身來。「我是說……」她揮舞著燒紅的鉗子，有點威脅意味地在邱俠面前晃來晃去，「到底要我怎樣？」

邱俠知道不管他說什麼都不對。被逼到走投無路、又要揣摩上意的他選擇另一條活路：「不用擔心覆盆子冰沙啦。」

「不用擔心?!」邱俠剛剛好像在控制不了的火勢上投下高辛烷值燃料。「真不可思議！每次我努力要來點真的很特別的東西，要超越一般水準，你們這些人就要搞破壞。」

因為春喜太太背對著門，所以她看不到突然有什麼東西出現了，吸引了邱俠的關注，比起消失的覆盆子更加地令人關注。「春喜太太……」邱俠試著打斷她的話。

但是，她已完全融入華格納的曲風，並隨之波動。「首先，是設備不可靠、冰箱秀逗。然後是沒瓦斯。沒爐火，叫我怎麼做飯啊？現在，（porca miseria），倒楣哦、真該死哦、還有人偷了我的覆盆子！」

「春喜太太，拜託！」邱俠懇求著，臉上是半笑半焦急地皺起眉頭的表情。「不要口出惡言！」

「你才不要對我『口出惡言』咧！」春喜太太發威時，北歐女武神算什麼！「是怎樣的白癡會在貴賓午宴的前一天去拿整個大昭寺唯一的一包覆盆子啊？」她的嘴巴兩旁被自己的唾沫星子濺到，卻仍然張大口嚷嚷：「是哪個自私的笨蛋、低能兒，竟然幹出這種事啊？」

她把憤怒發洩在倒楣的邱俠身上，其實她不是要什麼答案。但經過這場大混亂之後，答案自己來了。

「是我。」她身後響起一個輕柔的聲音。

春喜太太轉過身來看見他，是達賴喇嘛正滿心慈悲地望著她。

「我很抱歉。我並不知道那包覆盆子不可以碰，」他向我們道歉，又說：「現在得不靠覆盆子，做別的點心吧。對了，春喜太太，午餐後請來找我，我們談談。」

廚房裡春喜太太漲紅的臉色褪得很快。她像一隻魚般，張口結舌；其實，舌頭有在移動，但就是沒聲音。

尊者把雙手合十在胸前，淺淺地鞠個躬。當春喜太太仍在驚嚇當中時，他轉頭看向陪同他前來的丹增。

「這個……雪寶（sorbet）冰沙，到底是什麼東西呢？」他們離開廚房後，他才開口問道。

「通常是當作甜點。」丹增答道。

「用覆盆子做出來的嗎？」

「可以用不同風味的水果來做。」丹增解釋道。他們又走一會兒，丹增補充說：「其實，我想春喜太太是想在不同的菜色之間，呈上覆盆子冰沙，讓賓客們用來保持口感清新。」

「口感清新嗎？」達賴喇嘛思索這個概念時，眼中閃過一絲好玩的神采。「丹增，內心的憤怒真是一個奇怪的東西，是不是？」

那天下午春喜太太自己來到尊者的房間。我坐在舒適的窗台墊子上，看著她到來，也看出她仍然心煩意亂，卻也非常歉疚。一走進來，她便淚眼婆娑。

尊者一開始就一再說明客人們不斷讚美午餐的精緻和美味，尤其是角豆堅果球，還讓客人想起自己的家傳小點心。

但春喜太太清楚知道達賴喇嘛可不是要她來講角豆堅果球的做法的。眼淚從她琥珀色的眼睛湧出，睫毛膏也跟著流下來，她告解說她也知道自己脾氣很壞，這次也說了不可原諒的話，還對邱俠和其他當時在場的人惡行惡狀。她站在那裡啜泣時，尊者握著她的手，很久之後他才開口說：「親愛的，妳知道嗎，沒有必要哭泣。」

春喜太太拿出一條熏過香的手帕擦臉，聽到尊者此言，心頭一驚。

「其實這樣不錯，很好，因為憤怒而點出了問題所在。」他繼續說道。

「我本來就很敏感，又容易緊張激動……」她說。

「有時候，我們知道自己需要改變行為。但是可能需要某些衝擊，我們才會警覺到自己真的必須改變了。就從現在開始吧。」

「嗯……」一聲，春喜太太好像嚥下了一大把淚水。「但是，要怎麼做呢？」

「開始時，要先想清楚實踐『耐心』的好處，也想想做不到的話，又有何壞處？」達賴喇嘛這樣告訴她。「生氣的時候，第一個受苦的人就是自己。容易生氣的人無法擁有平靜、快樂的心靈。」

春喜太太用哭紅的雙眼，目不轉睛地看著他。

「還要想想會對其他人造成什麼影響。我們雖然無意傷害別人，卻仍然說出傷人的話，這樣會劃下無法癒合的傷口。想想朋友之間、家人之間的裂痕，還有讓人際關係徹底破裂的分歧，這些都只需要發怒一次就可以。」

「我知道啦！」春喜太太哭著說。

「下一步，我們要問問自己，這個憤怒是從哪裡來的？如果憤怒的真正原因是冰箱，或瓦斯，或覆盆子不見了，那為什麼別人沒有生氣？妳看，憤怒不是從外面來的。憤怒來自我們的心念。而那是一件好事，因為我們無法控制周遭世界的一切，但我們可以學習控制自己的心念。」

「但是，我本來就很容易生氣。」春喜太太坦誠道。

「妳現在在生氣嗎？」尊者問道。

「沒有啊。」

「妳現在並沒有在生氣這一點告訴妳什麼？關於生氣的本質。」

春喜太太看著窗外的廟宇屋頂好一會兒，傍晚的夕陽把法輪和鹿的雕像染上了金光。然後她悠悠說道：「我想，生氣是個來來去去的東西。」

「沒錯。生氣不是永久的。生氣不是妳的一部分。所以不能說：『我本來就很容易生氣。』妳的憤怒，就像其他任何人的憤怒一樣，都會出現、持續、消失。妳有可能會比其他人更常經驗它。而且，每次妳都屈服於它，養成習慣後，妳會更常地感受到它。但是，如果能反過來，減少它的力量，不是比較好嗎？」

「當然嚕。但是我控制不了自己。我也不是有意要生氣，但就是會這樣啊。」

「妳說說看，是不是在某些地方、某些情況下，妳會特別容易生氣呢？」

春喜太太馬上回答說：「廚房。」她指著樓下。

「非常好，」達賴喇嘛拍拍手笑了起來，「從現在開始，對妳而言，大昭寺廚房不再是個普通的地方。相反的，那是個寶庫。」

「想想，」尊者接著說：「那會是一個提供妳許多寶貴機會的地方，其他地方是做不到的。」

春喜太太大搖其頭說：「（Non capisco）我聽不懂。」

「妳所經驗到的憤怒至少有部分是來自妳的內在，這妳同意，對嗎？」

「對。」

「如果妳可以逐漸擺脱憤怒，這樣子對妳，還有其他人，都是非常有利的，對嗎？」

「對。」

「要讓這件事發生，妳需要有機會練習培養出與憤怒相反的力量，也就是『耐心』。妳的朋友們無法時常提供這種機會。但是妳會發現在大昭寺這裡，這樣的機會還蠻多的。」

「對啊，對啊。」她笑了，雖然還是一副可憐兮兮的模樣。

「這就是為什麼妳可以稱廚房為『寶庫』的原因。它提供了妳很多機會，可以培養耐心、征服憤怒。有個詞可以用來説明這種思維方式。」尊者的眉頭因專注思考而出現直紋：「換框法（Reframing）。我們是這樣説的。對。就這樣。」

「但萬一我……失敗的話？」她的聲音在顫抖。

「妳就繼續努力。長久以來的習慣是無法立即完全修正的。但是，只要一步一步來，妳會看到好處，也一定會進步。」

他看著滿面愁容的她一會兒，然後説：「心念如果能平靜下來，對妳的幫助會很大。要達成此目的，靜坐冥想是最有用的。」

「但我不是佛教徒啊。」

達賴喇嘛笑了起來。「冥想並不是佛教徒的專利。來自不同修煉法門的人都會靜坐冥想，沒有宗教或信仰的人也可以從中受益。妳是天主教徒，聖本篤會規裡就有一些關於冥想的教導，非常有用。或許，妳可以試試？」

春喜太太與尊者的會面已接近尾聲，他們站起身來。

「有一天，」尊者握住她的手，望著她的雙眼，「或許妳會把今天當作是人生的轉捩點。」

春喜太太不想任意開口，只是一邊點點頭，一邊用手帕輕輕按了按眼角。

「當我們對事物的理解加深到某種程度，便會改變我們的行為，在佛法中稱之為『覺悟』。或許今天妳有了一些覺悟吧？」

「是的，是的，尊者，」她的嘴唇因情緒翻湧而抖動著：「我真的有。」

「要記住佛陀說過：『雖然人可以在戰場上同時打敗一千人達一千次之多，但是只有征服自己的人才是最偉大的戰士。』」

我的覺悟則是在幾個星期後發生的。

第一個警訊出現時，我就應該注意到的。那是有一天，我踱入我們辦公室時，聽到丹增對邱俠說的一句話。

「尊者貓一直在長。」丹增說道。這是丹增很典型的說話方式。意思含糊到我都不確定那到底是什麼意思，所以也不可能警覺到什麼。

接下來一個禮拜，由於春喜太太的禮遇，我回大昭寺廚房用晚膳時，也不需要先通過體能特訓。

自從覆盆子事件之後，春喜太太每一次來到廚房裡，空氣中便瀰漫著其他人都很不熟悉的寧靜。那天下午不只是會出奇地平靜祥和，春喜太太還帶來了音樂光碟播放器，讓整個午後都流淌著法國作曲家佛瑞的安魂曲，那有如天堂般的三聖頌合唱。

我走進廚房，友好地喵嗚幾聲向她問候。我沒有跳上餐檯，原因很簡單，就是我知道我根本跳不上去。所以，我只能盯著餐檯直瞧。

春喜太太如同以往一樣周到，她將我托起。

「哦，可憐的小甜心（dolce mio），妳跳不上來了嗎?!」她對我的愛溢於言表，把我摟住不斷地親吻，口中卻是如此宣判：「因為妳體重增加不少哦。」

我什麼?!

「妳吃太多了哦。」

她不會是認真的吧！這是該向「創世紀以來最美生物」報告的內容嗎？我還是妳親愛的達令嗎？甜美的小姑娘嗎？

「妳已經變成『豬頭牌』*超市囉。」

我真不敢相信我剛剛聽到了什麼？怎能有如此荒謬的說法！

豬、頭、牌？我?!

要不是她先在我面前放好那噴香的小碟，上頭盛滿了浸在濃郁醬汁裡的羊腿肉，我不朝著她大拇指和食指之間很嫩的那塊虎口狠狠咬下去才怪呢。那醬汁真是辣得痛快，我舔著舔著，立即陷入那陣鹹香的美味風暴中，無法自拔。因此，春喜太太對我身材的那些標新立異，又無比殘忍的言論，我自然而然地充耳不聞。

要我面對身材不斷橫向擴展的問題，我需要有人給我更大的羞辱。某日，我與尊者去完廟宇後返回。要走上我們私人居所的樓梯，我通常要用跳的。因為我的後腿本來就比較無力，所以我需要一些速度感才能往上躍。但最近幾周，要迸發出那種必要的速度感，我愈來愈感到力不從心。

譯註：Piggly-Wiggly，美國連鎖超市。

而那天早上發生的事情，對我來說，實在是太大的打擊了。

我第一跳，上了幾個階梯，便已感覺原有的體力不再了。要做第二、三跳時，我感覺到的不是加速感，而是好像有東西在把我往下拉。像重力加速度那樣往上衝的動能消失了。

關鍵時刻……就在我即將達成空中漫步的一半時，原本想說就算四肢全開有點不莊重，但應該可以安全著陸吧。沒想到，卻發現自己在半空中時，動能全失，四隻爪子拚命要找東西抓穩。用超現實的慢動作重播，我是在往後翻滾，側身倒地。我重重地摔了下來，有一半的身子在一個階梯，另一半卻在下一階。然後，想站起來時卻失去平衡，於是又往下再跌，真是慘不忍睹，一直跌到尊者的腳邊才停下來。

達賴喇嘛很快地便把我扛起，走回房內。他們請了獸醫來看我。尊者的書桌上掛著一條毛巾，我接受了全身檢查。威爾金森博士沒花多久時間就診斷完畢，他說我並沒有因為這起墜樓事件而受到外傷，而且在其他方面也堪稱為健康的貓咪寶寶。但是，有一件事情的確正在使我的身體嚴重失常，那就是：我太重了。

他想知道，我每一天吃多少？

這是沒有人可以完全回答得出來的問題，也不是我想直接回應的問題。我已經因為摔得四腳朝天而羞愧難當，我可不希望在此刻完全地面對我不受控制的食慾，而讓自己更難堪。

但真相出來了。

丹增直接打了幾通電話。然後，那天快下班時，他向達賴喇嘛報告，我除了大昭寺裡每天的兩頓飯之外，還在別處吃了三頓。

於是，他們很快便達成協議，開始一項新計畫。內容是：春喜太太和法郎咖啡館以後只能餵我一半的分量。派特太太不能再給我吃任何東西。就在短短幾個小時之內，我的每日例行工作便面臨無情猛烈的變動。

我個人對這起事件又作何感想？如果有人問過我飲食習慣的問題，我會承認我的確應該改進。我會樂意坦承：是的，一天五餐是太過量了，尤其是對一隻小貓而言；但，我也不小了。我一直都知道我應該減一減了。但是，**「知道」只是頭腦上的。直到那場讓我丟盡臉面的後空摔發生後，「知道」才轉變成「理解」，又提升為讓我改變行為的「覺悟」**。

我再也不會像以前那樣地生活、後空摔了。

那天晚上，在黑暗的舒適床上，我覺察到尊者伸出手來。他只要一碰觸我，我便會發出咕嚕嚕的滿足聲。

「今天過得挺艱苦呢，小雪獅，」他低語道：「但從今以後，情況會好轉的。當我們能看見自己的問題時，要改就容易多了。」

的確如此。從一開始的晴天霹靂，三餐減量，回家的路上走到拍賣市集外面也都沒有吃的，不過幾日，我便覺得不像以前一天到晚那麼昏昏欲睡了。幾個星期後，我搖搖晃晃的步伐中那股跳躍的新動能又回來了。

不久，我又能一口氣跳到廚房凳子上。而且，我再也沒有從大昭寺居所的樓梯滾下來了。

星期五上午，快遞送來一個長方形保麗龍盒子到大昭寺給春喜太太，而且，是直抵廚房喔。當時她正在為印度總理準備午餐，並由安德烈・波伽利（Andrea Bocelli）作陪。這個包裹讓她倍感驚訝，便對那一天的幫手說：「寶庫，給我一把刀打開這個，可以嗎？」

「寶庫」是她最近常用的稱呼，只不過有時候是咬牙切齒地說。雖然她還是如同過去一樣情緒起伏大，但她現在較常以閃電的形式發怒，火山爆發的情況則少見了。

有點奇怪的是，她好像因為練習自我克制而得到獎勵呢。最近，她收到她女兒瑟琳娜的消息。瑟琳娜曾在義大利接受主廚的養成訓練，然後在歐洲各式各樣的米其林星級餐廳工作了好幾年。春喜太太樂翻了，因為這陣子聽瑟琳娜說她已經受夠了歐洲人了。再過幾個星期，她就會回到西藏村的家裡。

春喜太太拿到了刀，挑開了包裝膠帶，以及這分神祕快遞的保護封套。打開後看到裡面是一個裝著鮮紅色液體的冷凍塑膠盒子，還有一封給她的信。

「親愛的春喜太太，」信上寫著：「非常感謝最近妳做了讓我與尊者一起享用的阿育吠陀午餐，很棒呢。聽說妳沒能按照計畫準備覆盆子冰沙，我感到很難過。所以，我希望妳能享用這盒禮物，這是用我最喜歡的阿育吠陀配方調製的覆盆子汁。但願能為妳和妳的客人們帶來健康快樂。」

「媽媽咪呀！」春喜太太盯著信大叫起來：「真是不可思議！真的好慷慨！」

不一會兒，她已經打開盒蓋，嘗起味道來了。

「真是極品！」她作出結論。她讓汁液浸潤整個口腔，雙眼緊閉，靜默回味，「比起我之前做的好太多了。」

她拿起盒子查看還剩多少。「剛好今天可以派上用場，就當作清潔口腔的凍飲吧。」

後來，我聽到丹增和邱俠在討論那天的午宴。在那個場合中因為食物的話題而成功促成了一項政治協議，那可不是一般小事啊。有趣的是，印度總理就是無法相信為尊者掌廚的不是印度人，還因此傳喚春喜太太上樓，並當面向她致謝呢。顯然，他因為吃了覆盆子冰沙，欣喜若狂哩。

「看著這些事情的發展，你不覺得很有趣嗎？」丹增對邱俠說道：「春喜太太近來變得溫和多了。」

「確實如此！」邱俠衷心表示同意。

「而且，這道覆盆子冰沙，不論在過去的哪一天做出來，都比不上今天出現時這般神乎其算。」

「確實如此啊。」

尊者說：「如果說因為有慈悲心，可以完全不去吃眾生的肉，這是最好的。因此，每個可以這樣做的人都應該考慮這樣做。但是，如果說有健康方面的問題，只能常常吃素，那麼也許妳必須這麼做。」

第九章

葷素的界線、懺悔比較有用：吃石頭的女孩、兩個小沙彌

「她做了什麼？」丹增在講電話，聲音聽起來很緊張。在他身後的檔案櫃上方打瞌睡的我因此醒來，並抬頭張望。這可不像是丹增這位嫻熟外交事務的專家會用的口氣，怎會用這樣的聲音、力道應對這通電話呢？

我看到辦公桌對面的邱俠，他也是一臉的詫異。

「對，那當然。」丹增伸出手拿起他辦公桌上的銀框照片。上面是一個穿著黑色洋裝的年輕女性，她正在拉小提琴，身後則是一整個管弦樂團。她是丹增的妻子蘇珊；他們多年前在牛津大學相遇時，她已經是一位極有成就的音樂家了。那是在丹增接受尊者的終生外交顧問工作之前的事。之後，他們的兒子彼得和女兒蘿倫相繼到來。蘿倫十四歲了；關於那種年紀的孩子，有一次丹增向邱俠吐露說：「是專為磨練家長的耐心而設計的。」所以，我猜想，那通電話是在講她吧。

「我們晚一點再討論這件事吧。」丹增掛了電話。

丹增的工作壓力從四面八方湧進來，這是經常有的狀況。除了平時就有的緊急行程之外，他還要計劃尊者的檔案資料庫將於下周進行搬遷的安排事宜。

辦公室隔壁的檔案室存放著六十多年來的重要文獻，很多資料已完成掃描，並以電子檔案備份，但仍有許多重要的外交協定、財務記錄、證明執照和其他文件必須予以留存。丹增已在尊勝寺安排好一個安全的地方，可以存放所有資料，也足以應付未來儲存所需的空間。他還費心地挑了接下來的連續三天來搬運這些檔案。因為在這段期間，好不容易尊者沒有訪客。這樣的話，外來的干擾將可降至最低。

在大多數的組織中，這種類型的任務會被歸類為「雜事」。但在大昭寺，即便是最普通的日常小事，也會出人意表地用一種高規格的方式處理。就好像說即使只是步行，這項活動除了要滿足眼睛的需求外，還有其它很多需要注意的事情呢。

搬遷尊者的檔案資料自然也是其中一個典型的例子。丹增在某個下午與達賴喇嘛開會，用喝一杯茶的時間，概述了他的搬遷大計。尊者同意丹增的計畫，並出乎丹增意料地，想要親自挑選協助參與搬遷的比丘們。

第二天早上，尊者結束在廟宇的第一個活動，返回居所時，身後跟著兩名健壯的年輕比丘，他們要來聽任丹增差遣。此外，還有兩個大眼睛的兄弟，塔西和沙西，他們看起來才十一、二歲。每次只要尊者往他們所在的方向一瞧，他們就會熱切地行全身跪拜大禮。

「我們有搬遷的志工。」達賴喇嘛指向兩名年輕比丘。「還有兩個幫手來照顧尊者貓。」

要說丹增被這樣的安排嚇了一跳的話，他本人倒是沒有表現出明顯跡象。檔案搬遷計畫怎能不包括如此重要的部分，「貓科動物管理呢」？因為要到檔案室必須從行政辦公室出入，所以搬運資料時會干擾到通常處於非活動狀態的我，這點是千真萬確的。我慣常窩著的看戲雅座所在地——檔案櫃到時也會被挪到一邊。這就是為什麼最後會決定在這連續三天之中，我要被帶到另一邊的訪客休息室。那裡空間寬敞、明亮，還有扶手椅、咖啡桌、在角落的電腦、各種報紙。這裡是人們等待謁見尊者的地方。

達賴喇嘛親自向塔西、沙西解釋他預期的工作內容。他們要小心地把我帶到訪客休息室角落旁的窗台上，那上面會鋪好絨毛毯，供我使用。一旁還會有兩個碗，分別放了飲用水和餅乾，這些都要保持乾淨，也不可以空著。如果我想要下樓去，他們就要陪著我，要確保我不會被腳下的東西絆倒。我打盹時，小沙彌們則要在我身旁靜坐，並唸咒「嗡嘛呢唄咪吽」。

「最重要的是，」尊者的表情很堅定，「必須像對待你們最喜歡的喇嘛那樣對待她。」

「但是，您才是我們最喜歡的喇嘛！」沙西小弟弟巒激動地衝口而出，同時將雙手掌心貼到心臟位置。

「在這種情況下，」尊者笑了笑，「那就把她當作是達賴喇嘛一樣對待。」

這就是他們的工作內容；那種熱誠的敬意，通常我只有在法郎咖啡館才能得到這種對待。第一天早上，我走到行政助理辦公室時，便發現我的檔案櫃已被搬到一邊。我和大部分的貓一樣，愛極了方位略有變化的熟悉場景。所以我立即跳上檔案櫃，想看一看從這個全新角度，原有的房間又會是一副什麼模樣。

那時我早忘了丹增一周前突然大聲講電話的事，但那天下午，他與妻子講完電話後，顯然有些問題困擾著他。

邱俠抬起頭來，關心地詢問一番。

「是蘿倫，」他確認了我先前的猜測。「上禮拜，蘇珊走進她的房間，發現她坐在床上，鬼鬼祟祟地，身後還藏著東西。她假裝一切都沒事。但蘇珊知道出問題了。」

「蘿倫最近有點奇怪。她一直很容易累，感覺暈眩。反正，就是和以前不一樣。有一天早上，蘇珊在蘿倫的房間用吸塵器打掃時，發現她床下有幾顆石頭。這些石頭的形狀大小都不一樣。蘇珊怎麼都想不通。她猜測蘿倫藏匿的是否就是這些東西。但為什麼要把石頭藏起來呢？」

「蘇珊問蘿倫關於石頭的事，她一聽便放聲大哭。後來，花了好長一段時間才承認這件事，因為她自己都覺得不好意思。原來她一直在吃石頭。」

邱俠好驚訝。

「哪裡來的石頭？」

「就是有一種奇怪、又令人費解的衝動，驅使她走到花園裡，挑到喜歡的石頭就開始嚼起來。」

「可憐的女孩！」

「蘇珊帶她去看醫生。顯然，這種問題雖不常見，但也不是前所未聞。因為有些少女有礦物質不足的問題，所以偶而會非常想吃點粉筆、肥皂、或其他的東西。她的情況是缺鐵。」

「啊！」邱俠豎起耳朵，不想漏聽一個字，然後問道：「她吃素嗎？」

丹增點了點頭說：「她媽媽也是。」

「醫生有給她補鐵嗎？」

「暫時會以鐵劑補充。但長期來看，醫生說鐵質最好是從正常飲食補充。他建議吃點瘦肉，最好是牛肉。但她不接受。」

「是因為持戒嗎？」

「嗯。她說：『我不想承擔動物被殺的業報！為什麼不能只吃補鐵劑就好？』蘇珊和我都非常擔心她。」

「要說服少年男女真的很難。」

「那種年齡的孩子不會聽父母的話的。」丹增搖了搖頭。「我在想有沒有其它的解決辦法呢？」

兩天後，我看到了這個問題的解決經過。那是我們遷移檔案的最後一天，也就是第三個工作天。我在訪客休息室打著盹兒的時候，兩個小沙彌在我身邊輕聲持誦；然後，丹增牽著蘿倫走了進來，她還背著書包呢。她已經下課了，但因為她媽媽有事出門，她就來大昭寺寫作業。這種情形一年之中總會發生個幾次。通常她會待在丹增和邱俠的辦公室，但這次因為狀況比較亂，所以丹增就把她帶到訪客休息室角落的書桌那兒。

嗯，封面故事大致上是這樣。

蘿倫拿出好幾本書，一開始先寫英文習作。她很專心在寫閱讀測驗的題目，臉上有喜悅的光采。大約半小時後，尊者打開他辦公室的門，走了出來。

「蘿倫！很高興看到妳！」他把手心放到心臟位置，並向她行禮。

她早已離座站起身來，所以同時也在行禮，然後自發地走上前去給他一個擁抱。尊者看著她出生、長大，他們倆之間有種真誠溫馨的氛圍。

「孩子，妳好嗎？」

聽到有人這樣問，我們大多只會有禮貌地給個制式答案。然而，或許是因為發問者是達賴喇嘛，又或許是因為在那特別的一刻他給她的感覺，以致於她並不是制式化地回應，而是說：「尊者，我缺乏鐵質呢。」

「哦！我聽了很難過哩。」他牽著她的手，走到一個沙發坐下，並作出手勢要她坐在他身旁。

「是醫生說的嗎？」

她點了點頭。

「治得好嗎？」

「問題就在這裡。」她的眼睛噙著淚水說道：「他說我必須吃肉。」

「啊，對喔，妳吃素。」他輕撫著她的手，安慰她說：「能夠永遠吃素是最理想的。」

「我知道啊。」她表示同意，口氣卻不開心。

「如果說因為有慈悲心，可以完全不去吃眾生的肉，這是最好的。因此，每個可以這樣做的人都應該考慮這樣做。但是，如果說有健康方面的問題，只能常常吃素，那麼也許妳必須這麼做。」

「常常吃素？」

他點了點頭。「也有醫生告訴我，為了有足夠的營養，我有時必須吃點肉才可以。」

「我不知道這件事耶。」她非常仔細地研究起尊者。

「我是這樣的。我那時就決定，即使我不能永遠吃素，我還是要盡量遵循素食的飲食原則，但是不要偏激或急進。吃素或吃葷不需要變成黑白分明的兩件事。我們可以找到一個中間地帶。有時為了有足夠的營養而吃點肉，但也不必老是吃肉。我衷心希望每個人都能考慮這樣做。」

蘿倫好像從來都沒有考慮過這種可能性。

「但如果不想要只是為了吃，就去殺害動物，那又會怎樣？」

「蘿倫，妳有顆善良的心！但這種事情是不可能的。」

「吃素的話就有可能。」

「不可能。」尊者搖了搖頭說：「即使是吃素的人也不可能不殺生。」

他眉頭緊鎖。

「即使吃素，也會殺害到無辜的眾生。整理土壤準備耕種的場地時，就是在破壞原有自然的棲息地，也會殺害很多的小生命。種植農作物時，噴灑除蟲劑也會殺死成千上萬隻昆蟲。你要知道，有時候，只是要活下去就很難避免會傷害到其他生命，尤其是食物方面。」

對蘿倫而言，因為她之前認為素食意味著不要傷害眾生，所以尊者這番話她是很難接受的。現在，她所認定的事實被撼動了。

「醫生說我最好吃瘦肉，像是牛肉。但從慈悲的角度來看，如果必須吃動物肉的話，吃魚不是比較好嗎？」

尊者點了點頭。「我明白妳所說的，但有些人會說吃牛肉比較好，那是因為一隻牛可以讓一千個人飽餐一頓。一條魚，只能讓一個人吃一頓。有時候，吃一頓得吃掉很多隻蝦，很多生命。」

蘿倫望著達賴喇嘛良久。最後她開口說：「我沒想到事情會如此複雜。」

「這是一個很大的議題，」他同意道：「妳會發現有些人說『路只有一條，就是這條』，而且剛好就是他們認為對的這條。或者有些人會說別人都應該改變看法，要像他們那樣才對。但是，這些真的都只是個人的抉擇而已。重要的是，自己要確認所做的決定是根據慈悲和智慧而做的。」

她認真地點了點頭。

「我們在用餐之前，無論是素食或是肉食，我們應始終記得，因為有這些死去的生命，我們才有得吃。他們的生命和妳我的生命一樣重要。想到他們時，要抱著感激之情，並祈禱他們的犧牲可以讓他們在更高的境界中重新出生——也可以讓妳獲得健康。這樣子，妳就可以很快很快達到完全的開悟，並把他們也帶領到相同的境界。」

「我知道了，尊者。」蘿倫說著，身體倚著他。

有一會兒，整個房間被溫暖的光輝淹沒。角落裡，在我打盹的地方附近，兩位小沙彌一直聽著他們談話，現在則繼續低聲唸咒。

尊者從沙發起身，當他要離開訪客休息室時，他說道：「要盡可能這樣，『**把其他眾生當作是我自己的命**』這樣的想法，是很有用的。每個生命體都在努力追求快樂。每個生命體也都想要避免不同形式的痛苦。他們並不是應該為我們帶來利益的東西或事情。妳知道嗎，**聖雄甘地曾說：『從一個國家的人民是怎樣對待動物的，就可以判斷這個國家是否偉大，以及人民的道德水平高低。』**很有趣，對不對？」

那天下午，我和達賴喇嘛一起坐在我的窗台雅座上。突然間，有人輕聲敲著門試探，接著兩位小沙彌便出現在門口。

「尊者，您找我們嗎？」哥哥塔西問道，好像有些緊張。

「是的，是的。」達賴喇嘛打開辦公桌的一個抽屜，拿出兩串檀香木唸珠。「是一份小禮物，要謝謝你們照顧尊者貓。」他說道。

兩個孩子都拿了唸珠，並莊重地鞠躬道謝。

尊者說了一些關於練習正念冥想的重要性，然後對他們親切微笑。

簡短的會面應該要結束了，但是兩個小沙彌卻站著不走，彼此交換著緊張的眼神。

直到達賴喇嘛說：「你們可以走了。」塔西才突然尖聲說：「尊者，請問您，我可以問您一個問題嗎？」

「當然可以啊。」他答道，眼中閃著光輝。

「前幾天，我們聽到您說到眾生。說他們不只是被使用的東西而已。」

「是的，是的。」

「我們想跟您認錯。因為我們做過一件可怕的事情。」

「是的，尊者，」沙西插話道：「但那是我們成為沙彌之前的事。」

「我們在德里的老家很窮，」塔西開始解釋道：「有一次，我們在後巷裡發現了四隻小貓，就把他們抓去賣，賣了六十盧比……」

「……還有，兩塊錢美金。」沙西補充道。

「是一個連問都不問的人給的美金。」塔西說。

「或許是因為小貓仔的長毛很漂亮才買下的。」沙西冒險說道。

在窗台上的我突然抬起頭來。我怎能相信方才聽到了什麼？這兩個小沙彌果真就是殘酷地把我從溫暖安全的家拖出來的、那兩個無恥的小惡魔？是他們殘酷地把我和兄姐拉扯出來，在我們尚未斷奶之前就把我們從母親懷裡搶走嗎？是他們把我們當作是沒有生命的商品一樣販售圖利嗎？我怎麼能忘得了他們是怎麼羞辱我的，怎麼猛然把我推進泥坑？還有，當我一直賣不出去時，他們又是如何地想要隨隨便便殺死我？

伴隨著震驚的是怨恨，全在我心頭洶湧澎湃。

不過，我也想到：要不是他們賣了我，我大概會死掉吧，要不就是在新德里貧民窟裡過著艱苦的生活。而今天，我卻在這裡，我是大昭寺的雪獅。

「是的，」塔西繼續說道；「最後那隻貓仔又小又髒，也不太能走路。」

沙西補充說：「我們想要把她扔掉。」

「我都已經把她用報紙包起來了，」塔西說：「她看起來就像死了一般。」

「然後，」沙西道：「突然來了一個有錢的先生，給了我們兩塊錢美金。」收到錢的激動時刻仍然活生生地銘刻在他腦海裡。

也在我的腦海裡。

不過，他們現在對這件事的感覺已經有了很大的轉變。

「現在，我們領悟到自己幹下了一件大壞事。」他們兩個看起來滿心悔恨。「為了我們自己的利益，我們利用了好幾隻小貓仔。」

「我知道……」尊者點了點頭。

「尤其是最小的那隻貓仔，」塔西說道：「她很瘦弱……」

沙西搖搖頭說：「我們是拿到了錢，但小貓仔也許死了。」

兄弟倆緊張地看著尊者，他們知道是自己太自私，所以已準備好要被責罵。

可是，尊者沒有生氣，也沒有要責罵他們的樣子。

相反地，達賴喇嘛嚴肅起來，告訴他們說：「**佛法是不容許罪惡的。內疚是無用的。對過去的事情，對我們無法改變的事情感到難過也沒有意義**，但是，懺悔的話？是的。這個比較有用。你們兩個是真的為過去的行為誠心懺悔嗎？」

「是的，尊者。」他們異口同聲道。

「你們承諾永遠不會再以那種方式，去傷害任何一個生命嗎？」

「是的，尊者！」

「你們靜坐時要觀想慈悲，可以想想那些小貓和其他無數弱勢、易受傷害的生命，他們都需要你的保護和愛。」

「至於那隻你們以為已經死掉的瘦弱貓仔，我相信你們會發現她已經長成美麗的生命。」提到我時，尊者的面容為之一亮。接著，用手比了比我所在的窗台上。

他們轉身看著我，塔西喊道：「是尊者您的貓？」

「是我的一個部屬給了你們兩塊錢美金。我們剛從美國回來，身上沒有盧比。」

他們向我走來，撫摸著我的頭和背。

「真的非常幸運，我們現在都能好好地住在尊勝寺這個家。」尊者說道。

「是的，」沙西表示同意。「但這真是很奇怪的業報，過去這三天我們竟然照顧著多年前賣掉的那隻小貓。」

也許那部分也不是太奇怪。據說達賴喇嘛尊者是千里眼。我猜測，是因為他確實知道這兩個小沙彌過去的行為，所以便選擇由他們來執行這項特定任務。他給予他們機會，讓他們彌補錯誤。

「是的，我們受業力驅策而面臨各種各樣的意外狀況，」尊者說道：「這就是另一個原因，為什麼我們應該用『愛與慈悲』對待眾生。我們永遠不知道在什麼情況下會與他們再相遇。但有時候，就在今生！」

洛桑說：「哦，關於培訓、父母、婚姻，這些我都相信。我只是不相信這些是困住你的真正原因。」

第十章

猶豫、恐懼、藉口、負面行為、真正意圖：電信工程師、追求真心所愛

親愛的讀者，您曾因優柔寡斷，反而什麼都做不了嗎？譬如說發現自己處於下列狀況：一直在想，如果做這個、那個，或另一個，就會產生某種結果；但是再想想，如果做點不同的事，有可能會帶來更好的結果耶。只不過，發生的可能性較低。這樣子的話，是不是堅持前者會更好呢？

你或許以為我們貓族絕不會陷入這種複雜的思考認知活動。你或許相信現在所謂的「超載」是只有現代人，學名「智人」，仍保留下來的、獨一無二的特性。

聽起來真的很離譜，然而，真相是，家貓——學名Felis catus——雖然不會創業，不會做生意，也不會做種種使人類像轉陀螺那樣忙得不可開交的事情；但是，有，就是有某些認知的領域，人類和貓族相似到令人吃驚不已。

我說的，當然是和內心相關的事情。

人類會翹首期盼某人寄來的的訊息、電子郵件，或電話。我們貓族的通訊方法不同，但形式其實並不重要。最重要的是，貓族和人類都在拚命尋求一種確認，一種肯定。

那隻神祕的虎斑貓，對我而言，就是會讓我陷入上述情境的重要朋友。自從我第一次在綠光下瞧見他，便馬上深受他的吸引。後來在邱俠家暫住期間，我們再度相會，我一直覺得那種互相因為對方而心動的感覺絕對錯不了。但現在我已不在邱俠家借住了，他知道我現在的居所嗎？或許，我應該再努力一點，譬如說，找個夜晚，穿過廟宇廣場，探索那一大片陰影籠罩的神祕？或者，我還是保持謎樣的酷妹形象，像不問俗事的公主，待在宮殿裡等他來找就好？

為我這樣的處境帶來急需的曙光的人是洛桑，尊者的翻譯官。而且，這類事情經常都是以一種最意想不到的方式發生的。身材高瘦的洛桑是藏傳佛教比丘，年約三十五歲，他是不丹皇族的遠親。他在美國接受完整的西方教育，畢業於耶魯大學，取得語言學和符號學博士學位。只要洛桑一走進來，除了他的身高和充滿智慧的臉龐，你還可以馬上感受到一種特別的氣質。那就是，平靜的光環。他渾身上下散發著寧靜的氣息。他身上的每個細胞似乎都在散發著一種深沉的、不變的寧靜感，並默默地影響著周圍的人。洛桑除了負責翻譯事務，同時也是大昭寺非官方的資訊科技救援中心主任。每當電腦不合作，印表機罷工，或衛星接收器自行切換到「被動攻擊」模式，大家都知道要找洛桑，因為他有冷靜、深入的邏輯思考能力，一定可以幫忙解決問題。

所以，當大昭寺主要的數據機在某日下午開始閃爍不停時，不到五分鐘，丹增便找來在走廊另一端辦公室裡的洛桑。洛桑做了幾個簡單的測試後，說問題出在線路。於是，便打電話叫電信公司來修理。

這就是拉傑．戈埃爾（Raj Goel），達蘭薩拉電信公司技術支援服務代表，在那天近傍晚時來到大昭寺的原因。他是個年約二十五、六歲的瘦小男性，骨架很小，卻頂著一頭厚厚的蓬鬆髮型。他似乎對必須前來提供技術支援服務這件事非常不滿。而且看起來超級沒禮貌！還神經兮兮的！

他眉頭深鎖，態度粗魯，要求先查看數據機和電話線。這些東西都在走廊盡頭的一個小房間裡。他帶著怒氣把他的金屬工具盒重重地往架子上一摔，然後彈開鎖扣，取出手電筒和螺絲起子，不一會兒就在纏繞成團的電纜線上戳來戳去。同時，洛桑就在幾步之外，平靜地留意著狀況。

「這鬼地方，真是一團糟。」拉傑咆哮說完，呼吸濁重。

洛桑裝作沒聽見這句話。

這個工程師不停碎碎念，一邊蹲下來，順著某條特殊電纜線，摸索到數據機背後，一邊咕噥抱怨，說我們的電信系統不完整、有干擾，還有一些無解的困擾。接著，他憤怒地抓起數據機，拉扯後面的電線，好像要一口氣全扯掉。

拉傑正在發洩怒氣時，丹增恰巧走過旁邊。他看著洛桑的眼睛，表情是一副不動聲色的輕鬆好玩。

「我得打開這個。」工程師用責怪的口吻要求洛桑。

這位尊者的個人翻譯官點了點頭說：「好的。」

拉傑在工具箱裡翻找小隻的螺絲起子，開始修理不聽話的數據機，嘴裡卻冒出：「我可沒時間信教。」這樣的話。

他是在跟自己說話嗎？但他的音量、口氣聽起來是在跟旁人說話似的。

「都是些迷信的胡說八道。」他過了一會兒又開始抱怨，也比之前更大聲了。

洛桑並沒有因為工程師所說的話而感到困擾。若要說他有什麼情緒的話，應該說他的嘴唇上出現了一抹微笑吧。

但拉傑就是想惹事，想打架。他俯身用一隻不好使的螺絲起子對付著數據機，這一次他問了一句要求回應的話：「用愚痴的信仰填補人們的空虛，到底有什麼意義？」

「這點我同意，」洛桑答道：「一點意義也沒有。」

「哼！」工程師過了好一會兒才出聲，好像成功地取出了頑固的螺絲釘。「但是，你信教。」這一次他輕蔑地瞥了洛桑一眼。「你是信徒。」

「我一點都不認為是那樣。」洛桑仍散發著深沉的平靜感。片刻之後，他繼續說道：**「佛陀給弟子們最後一個教導是，『相信佛陀所說的任何一個字的人是個傻瓜，除非他們已經親身體驗測試過』。」**

工程師的尼龍襯衫上開始出現被汗水溼透的痕跡。洛桑的回應並不是他要的。「真是鬼話連篇，」他又開始抱怨。「我看到人們在廟裡向佛跪拜、誦經祈禱。如果這樣不是盲目信仰，那又是什麼？」

「在我回答你這個問題之前，讓我先問問你。」洛桑倚靠在門邊。「你在達蘭薩拉電信公司工作。早上有兩通電話打進來：有個顧客不慎把檔案櫃翻倒壓到了數據機，另一個顧客因為妻子在線上購物而大怒，拿起榔頭打壞了數據機。這兩種情況下的數據機都需要修理或換新機。你會用相同的態度對待這兩個客戶嗎？」

「當然不會！」拉傑的臉色又沉下來。「但是，這和人們在諸佛面前匍匐跪拜，又有何關聯？」

「關係可大了。」洛桑的輕鬆沉著與拉傑的渾身是刺形成非常明顯的對比。「我會解釋原因。但那兩個客戶……」

「一個是意外事故，」工程師無禮地打斷洛桑，而且說話音調變高。「另一個是蓄意的破壞行為。」

「你是說，**『意圖』比起『行動』更為重要嗎**？」

「當然。」

「所以，當人向佛頂拜，真正重要的是意圖，而不是頂拜這個行動？」

直到此刻，這位技術支援服務代表才開始意識到自己的怒火已把自己逼到死角。不過，他也沒有迴避。

「意圖很明顯啊。」他爭論道。

洛桑聳聳肩說：「那你說來聽聽。」

「人們的意圖就是乞求佛的赦免。是希望能得救。」

洛桑突然大笑起來。然而，他的態度是那麼溫柔，以至於拉傑的憤怒好像也減弱了不少。

「我認為，也許，你想到別的地方去了，」洛桑過了一會兒才說道：「**覺者無法拿走你的痛苦或給你快樂**。如果他們可以這樣做，他們不早就這樣做了嗎？」

「那又何必向他們跪拜呢？」工程師搖了搖頭，隨意擺弄著數據機。

「你已經說過，意圖才是最重要的。佛的塑像代表的是開悟的狀態。諸佛不需要別人來跪拜他們。他們為什麼要在乎這個？所以，當我們跪拜時，我們是在提醒自己，**『發揮我們的自然潛能』**是覺悟的一部分。」

此時，拉傑早已經打開數據機蓋板，開始測試內部電路接線。「如果不崇拜佛，」他試圖保留話音中的尖銳感，但似乎要很努力才能維持，「佛教到底在講什麼？」

現在，洛桑早有十足的把握，可以給這位客人他能接受的答案。「佛教是心的科學。」他說。

「科學？」

「若說有人為了發現意識本質的真理，已投入好幾萬個小時嚴格調查。若說又有其他人接續研究了數百年。若這樣都還不能對『心』的潛能有理性的瞭解，也不能建立起最快速直接的覺悟方法，這不是很奇怪嗎？這就是佛教的科學。」

拉傑搞定了數據機內部，便開始更換蓋板。過了一會兒，他說：「我對量子科學有興趣。」然後，又停了一下之後，他宣布：「數據機可以用了，但是為了安全起見，我要重新設定。線路故障問題也已經報修。所以，十二個小時之內應該就可以重新啟動，正常使用了。」

或許是洛桑的平靜力量開始影響到拉傑。又或許是他的解說讓拉傑不再逞一時之快亂發脾氣。反正，那天工程師就沒有再次抱怨或罵人，而是好好地做完工作，更換設備。

洛桑在帶他出去的走廊上，經過辦公室時便說：「我有個東西，你可能會有興趣。」他迅速轉身進辦公室，並從靠牆的書架上取出一本書。

「量子與蓮花。」拉傑讀了一下書名，然後稍微翻閱了一下。

「如果你喜歡，可以借你帶回去看。」

書名頁上有其中一位作者馬帝・李察（Matthieu Ricard）寫的字。

「有作者簽名呢。」拉傑注意到了。

「馬帝是我的朋友。」

「他也來過大昭寺嗎？」

「我第一次見到他是在美國，」洛桑說：「我在那裡住了十年。」

拉傑突然認真又仔細地看著洛桑。他最後說的這句話對拉傑而言，要比其它任何一句都來得更為有趣。發揮自然潛能、自我覺悟……巴拉巴拉巴拉，諸如此類都沒那麼有趣。但是，曾經住在美國十年?!

「謝謝你，」工程師邊說，邊把那書放進工具箱：「看完會還你的。」

接下來的星期一下午，我又聽見拉傑來到走廊上的聲音。因為來大昭寺的客人之中，粗魯到非同小可的也很少見，我受好奇心驅使，便克服了需要午休的睡意，來到洛桑的客人面前。那時，洛桑正領著拉傑到他的辦公室。

工程師又來找碴嗎？

但今天走進來的拉傑已經變了樣，不再是上星期那個亂砸東西、怒火四射的技術支援代表了。沒有了上次那些不分青紅皂白的敵意火花，他的身影竟然有些淒涼味道。他穿著褪色的襯衫，拿著有凹痕的工具箱。

「電話線路還有問題嗎？」拉傑在確認著，我跟在他身後踏入洛桑的辦公室。

「狀況還不錯，謝謝你。」洛桑坐在他的辦公桌前。

拉傑從工具箱裡拿出上次借回去看的書。他說：「書中提出了一個有趣的觀點。」其實，我懂得拉傑；他的意思是：「對不起，上禮拜，我一定很討人厭吧。」

洛桑是研究符號學的，當然也懂得這一點。

「好，」洛桑點了點頭說：「希望對你有用處。」其實，他說的是：「我接受你的道歉。誰都有低潮的時候。」

然後，雙方都停頓了一下。拉傑把書放在洛桑的辦公桌後，往後退了一步。他並沒有直視著洛桑，而是環視著辦公室周圍，好像一時不知道該說些什麼似地。

「所以……你曾經在美國住過？」最後他終於開口問了。

「是的。」

「住了十年？」

「對。」

然後，他又停了好一會兒，才問道：「怎麼樣？」

洛桑把椅子往後推，等到客人終於看著他時才說：「為什麼你會想知道呢？」

「因為我想去那裡住一陣子，但是我的家人希望我先結婚。」拉傑說道。

洛桑問的問題似乎打通了某種內在的淤塞。而拉傑一旦開始傾訴後，就沒人阻止得了他。「我住在紐約的朋友說：『來和我們一起住。』我也非常想這樣做，因為我這一生一直想去看看大蘋果，去賺真正的美金，也許還會碰到某個電影明星。但是你知道嗎？我父母親看中了一個女孩，而她的父母親也很想讓我們結婚，他們都說：『美國永遠都在啊。』此外，我的老闆強迫我接受管理人才培訓課程，但是那筆貸款會把我綁在公司六年，現在我覺得已經走進陷阱裡了。事實上，目前的工作壓力已經叫人喘不過氣來了。」

拉傑突然爆出的內心話，更顯得洛桑辦公室裡的寂靜。洛桑指向角落裡的兩張椅子。

「你想喝杯茶嗎？」

過一會兒，他們倆便坐在一起喝茶。洛桑啜著茶，拉傑則鉅細靡遺地描述他身上種種衝突的壓力，那些壓力，毫無疑問，讓他的行為失常到像上禮拜那樣，與人也不好相處。

他告訴洛桑說他每次在「臉書」或「YouTube」上看到朋友們環遊美國各地就覺得很痛苦。還有他的父母親認為能在達蘭薩拉電信公司裡做到中階主管的職位就是他這一生所能渴望的巔峰了，但是，他有他自己的、更有創業精神的想法啊。他要展翅高飛的本能不斷地與孝順父母的想法衝撞；因為是他的雙親犧牲自己的享受，才能讓他接受良好的教育。過去幾個星期，他特別地焦慮，晚上也都不能成眠。他告訴洛桑說，他曾試圖保持理性去看每個行動的利與弊。

本來我只是想隨便聽聽別人的八卦就好，但是拉傑講到的這一個點，我突然覺得與我自己關係重大。想要權衡兩種做法的輕重，想要找出「怎樣做才是最好的」那種猶豫之心，聽起來，真是熟悉啊！拉傑和我在這個方面，處境相同。

最後，他承認了這天早上他來的真正目的：「希望你能給我一些建議，幫助我做出決定。」

我朝著一旁空著的扶手椅走過去，跳上去，安坐下來。用我清澈的、湛藍的雙眼盯著洛桑。他接下來要說的話，我也覺得非常非常有興趣。

「我沒有什麼特別的智慧，」洛桑說道，特別有智慧的修行人總是這樣說。「我沒有那種品質或覺悟。也不知道你為什麼會認為我可以提供建議。」

「但是，你在美國住了十年啊。」拉傑好像有點太激動了。「而且……」洛桑等著讓他說完。

「你看事情還蠻清楚的。」拉傑的目光愈來愈朝下看，彷彿羞於承認這一點，尤其是對這位一周前他還很質疑其心智能力的人。

洛桑只是簡單地問他：「你愛那個女孩嗎？」拉傑似乎被這個問題嚇了一跳。他聳聳肩說：「我只看過她的照片一次。」

他的回答在空中停留了好一會兒，好像一縷輕煙。「我聽說她想要孩子，我父母也希望我們生幾個孩子。」

「你在美國的朋友，還會在那裡待多長時間？」

「他們有兩年的簽證。他們計畫從東岸旅遊到西岸。」

「真想加入他們的話，你現在就得走。而且要快。」洛桑點一下頭，鼓勵著他。接著又問道：「是什麼在拖住你？」

「我父母啊，」拉傑有些尖銳地回嘴道，彷彿洛桑沒有聽懂他剛剛所說的那一大串。

「還有安排好的婚姻。還有，我老闆要我……」

「對，對，管理培訓。」洛桑的口氣變得懷疑起來。

「為什麼你的口氣變這樣？」

「變怎樣？」

「變得好像不相信我了。」

「因為我真的不相信你。」但是，洛桑的微笑中透露出他的慈悲心，而且好溫柔，不可能會去得罪誰。

「我可以給你看申請表格，」他的客人告訴他說：「我必須先填表格。」

「哦，關於培訓、父母、婚姻，這些我都相信。我只是不相信這些是困住你的真正原因。」

拉傑的前額再次出現深深的紋路。但這次是充滿困惑的符號。

「我以為你也會同意這些都是重要的責任。」

「什麼？因為我是個佛教比丘？」洛桑斥責道：「就因為我是個想要維護傳統的宗教信徒嗎？是因為這樣，所以你才來徵求我的意見嗎？」

拉傑看起來很羞愧。

「拉傑，你是個聰明好問的年輕小夥子。在你面前有個千載難逢的機會。你有機會成為一個世界人，有機會去瞭解更多，不只是關於美國的事，也可以更瞭解你自己。為什麼你不抓住這個機會？」

洛桑點出了這個才是嚴重的問題，過了良久，他的客人才回答道：「因為我害怕，不知道會發生什麼事？」

「恐懼，」洛桑說道：「是一種本能，會阻礙很多人採取行動；那種他們內心深處知道，將會解放他們的行動。就好像關住鳥的籠門早已打開，我們可以飛出去，自由自在去追尋與實現。但是，恐懼會讓我們找到許多好理由別這樣去做。」

拉傑凝視著地板好一會兒之後，才看著洛桑的眼睛。「你說得對。」他承認道。

「印度佛教大師寂天（Shantideva）曾說過一些相關的智慧話語，」洛桑開始引述：「一群烏鴉遇到垂死的蛇，採取行動時，他們宛如老鷹出擊。同樣地，如果我軟弱沒自信，最微小的挫折就能將我傷害。」

「拉傑，現在不是軟弱的時候，也不要讓你的恐懼壓制你。如果能抬起頭，面對恐懼，你會發現，事情並不像你想的那麼糟糕。也許，你的父母習慣了新觀念後，也不會太失望的。說好的婚事可以延後。或者在這兩年期間，還會有別的姻緣。在此期間，有很多的事情可以期待。我相信你會發現美國是個令人驚歎的國家。」

「我知道了……」拉傑說道，說時的口氣中有了信念。他坐在椅子上的身體前傾，拿起工具箱，可以說是輕盈地跳了起來，心中也懷抱著新目標了。「你說的真的很對！非常謝謝你提供的意見！」

他倆熱烈地握著手。

「你很可能會碰到電影明星喔！」洛桑提醒道。

「這就是為什麼我一定要感到恐懼，」拉傑熱情地大聲說：「而且，就算有恐懼，也仍然要去做的原因。」

有趣的是，一旦決定好要採取新的行動，連帶地經常會發生某些事情來相助。雖然並不總是以很明顯的方式讓大家知道，有時也不是馬上發生。有時，是以你永遠想不到的方式發生。

那天晚上，我和拉傑一樣從洛桑的口中得到很大的啟發，我決定走向廟宇廣場的另一頭，也就是派特先生的市場攤位旁邊那盞綠光下。我不再讓愚蠢的藉口把我困在窗台上，不知為誰消瘦憔悴。我也不再恐懼失敗或被拒絕。我再也不是那隻任憑籠門大開，也不曉得自由飛的傻大姐了。

不過，這趟探險沒成功。我不只沒見到我的虎斑貓，而且在巷弄間隨意穿梭時，我還發現自己真的走丟了。還好有個尊勝寺的比丘經過，認出我是尊者貓，便送我回來。真是萬幸，否則那晚真可說是徹底失敗了。

但第二天下午，午睡之後，我從法郎咖啡館走出來時，突然有個身影出現在我面前。咦，這不是仰慕我的鯖魚虎斑貓嗎！

「我不敢相信妳真的這麼做了！」他喊道，我自然明白他是在說我竟然大膽進出一個討厭貓的人所開的店。

「哦。」我說這話時只是聳聳肩，但我實則興奮得要命，不只是因為他出現了，而且因為他出現的時刻正好是顯得我行事機靈、舉止得宜的時候。雖說事實好像完全相反。

「妳一直都在做這些事嗎？」

「妳現在要去哪裡？」他想要知道，很迫切地。

「大昭寺啊。」我回答說。

「妳是那裡的成員嗎？」

「類似這樣。」我會在我覺得時機成熟時，適當地揭露我地位崇高的真相。「只不過，真不巧，」我告訴他說：「我二十分鐘內，必須趕去坐在某個要人的膝上。」

「是誰的膝上？」

「我可能不方便透露。當人們來謁見達賴喇嘛時，行程是完全保密的。」

虎斑貓的瞳孔明顯放大。「至少，給我一點線索吧！」他懇求道。

「我的專業可不允許我這樣做，」我這樣告訴他。然後，我們並肩走了一段路之後，我又說：「我可以透露的是，她是個金髮美女，是美國一個脫口秀的主持人。」

「這樣的女人也不少哩。」

「你知道嗎，就是那個總要觀眾站起來跳跳舞的那一個。她本身舞就跳得非常棒。」

但是虎斑貓聽不懂哩。

「就是嫁給那個無敵帥氣的男星那位啊。她老公也是流浪貓保護運動的支持者啊。」

「哪個……無敵帥氣的男星啊？誰又是流浪貓的支持者啊？」

我逐漸發現：我的仰慕者，他的名字不叫「敏銳」。

「我們就別談這個了，」我這樣說，因為我想要好好處理與他的關係。同時，我也不想讓自己看起來太冷。「告訴我，你叫什麼名字？」

「曼波，」他回答說。「妳呢？」

「我名字還蠻多的……」我說。

「名門望族通常都是這樣的。」

我笑了笑，沒去糾正這個誤會。咦，我無可挑剔的家世不是因為情況特殊，沒有正式文件可以證明嗎？

「但妳一定有個常用的名字吧。」

「那個名字是，」我回答說：「三個英文字的縮寫ＨＨＣ。」

「HHC？」

「是的。」我們快走到大昭寺的大門口了。

「HHC代表什麼意思呢？」

「曼波，那是你的回家功課。你是在江湖上打滾過的貓啊。」我看到他健壯寬闊的胸肌因為自豪而鼓脹起來。「我知道你一定會想出答案來的。」

我轉身朝大昭寺內走去。

「我要怎麼做才能見到妳？」他大聲問道。

「你可以到那盞整夜都開著的綠光下找我。」

「我知道那兒。」

「還要戴著你的黃金帽喲。」

第二天晚上他來了。我在窗台上望著，卻裝做沒看見他。如果讓他太容易得到我，反而不好。我也想測試一下，看看他對我到底有多忠誠。

他連續喵了兩個晚上後，我心軟了，便走下樓。

「我想出來了，」當我走到離他坐的大石還有點遠之前，他便迫不及待地這樣說。那裡，正是我對他一見鍾情之地。

「你想出來什麼啦？」

「HHC，尊者的貓，尊者貓。那就是妳，不是嗎？」

有好一會兒，整個地球似乎停止轉動，屏住它的呼吸，好像全世界都在等待著我的身分，這樁偉大的祕密被揭曉。

「是的，曼波，」我終於向他確認，並用我這雙湛藍的大眼睛定定地瞧著他。「你可別太大驚小怪噢。」

他的聲音低到像耳語。「我真不敢相信。我，出身自達蘭薩拉貧民窟。而妳，連名字都是縮寫的英文字母。我是說，妳簡直就是皇室公主。」

「貓也有可能是……」我要怎麼說才不會聽起來太愛慕虛榮？尊者的「菩提貓薩」嗎？法郎咖啡館的「仁波切」嗎？春喜太太口中的「創世紀以來最美生物」？邱俠和丹增的「雪獅」嗎？（或者，千萬別用司機亂取的「毛澤東」？）

「貓也有可能是尊者貓，」——我最後開口說的是——「但，她仍然……只是……一隻貓。」

「我明白妳的意思。」

我非常懷疑他説的話。因為連我都不完全確定我自己是什麼意思。

「那麼，妳今晚打算要做什麼呢？」

親愛的讀者，我絕不會告訴您當天晚上，嗯，還有接下來的幾個晚上所發生的所有細節。我可不是那種貓，本書也不是那種書，您當然也不是那種讀者！

只要説這句話就夠了：我沒有一天不真心感謝洛桑的智慧話語。還有寂天法師。還有達蘭薩拉電信公司，他們派出怒火四射的技術支援服務代表來到大昭寺。

拉傑來訪後過了約兩個月，有一天洛桑走進來，我正在行政助理辦公室的檔案櫃上方，我習慣的位置上。

「今天有一封你的郵件送到我們這邊來，」丹增告訴他，一邊在成堆的信封之間搜尋，然後取出一張亮面的明信片，是位耀眼的女性名人。」

「拉傑．戈埃爾？」洛桑看著卡片和上面的簽名，努力地回想。「哦，那個拉傑！」

「朋友？」丹增問道。

「還記得幾個月前，達蘭薩拉電信公司派來檢查我們的線路故障的那個人嗎？結果，他現在在美國最大的一家電話公司工作呢。」

丹增的眉毛稍微往上揚。「希望他的舉止有些改善，否則沒辦法長久在那裡工作的。」

「既然他擺脫得了他自己對失敗的恐懼，」洛桑說道：「我相信他變得比較有禮貌了。」

他繼續讀著明信片，輕聲笑了起來。「上星期他修理了這一家的電話。」他把這張明信片舉高。

「她是誰？」邱俠問道。

「一位非常著名的美國女星，也是『流浪貓』的大力支持者。」洛桑轉身來看看我，面帶會意的表情，似乎是在聲明他說的話裡沒有半點別的用意。

「這張明信片為我們與拉傑上次的會面畫下了一個非常完美的句點。妳說是不是呢，尊者貓？」

尊者貓說：「事實是：我因自己的局限而感到痛苦；我也不是智者。」

第十一章

想太多、鄙視自己的軟弱心靈、積極想法、正面動力：山姆、旺波格西。

成為達賴喇嘛的貓有何不利之處？

這種問題，乍看之下十分荒謬，也好像是在暗示說，我夠卑鄙，也有夠忘恩負義；你或許也會因此認定我是個被慣壞的小壞蛋，馬上就要遺棄我。反正，我就是那種扁臉長毛的傢伙，而且天生冰冷傲慢的態度就是給人一種印象——總是覺得若非極品，我們也不希罕。

然而，親愛的讀者，可別太快反應呢。事情不都有正反兩面嗎？

真的，從歷史上看來，真的找不到像我這樣的貓了，擁有如此優渥的生活環境和條件。不只是在物質上所有的需求都能得到滿足，還可以沉迷於心血來潮的奇想之中，有時，甚至連我自己都沒意識到有這類奇想的存在，但我的腦海的確因為在我身邊川流不息的名流嘉賓和活動宴會而有著活潑的波動。另外，在感情上，我也很難想像得到還能如何被愛得更多、更受崇拜、更被仰慕；相對的，我也願意付出我最衷心的奉獻，給那些愛我的人、崇拜我的人、仰慕我的人。

而在靈性上，如你所知，只需要尊者踏進房裡，一切看來普通的景象和想法就會漸漸消退，只留下深深的喜樂幸福那種永恆的感覺。因為我每一天在他面前的時間是這麼的久，每一晚都在他的床邊睡覺，也在他的膝蓋上蹲過鑾長時間，不用說，我一定是本星球最法喜充滿的貓咪了。

既然如此，上述所有情況中又有何不利於貓族之處呢？您說說看呀！

達賴喇嘛常說，內在心靈的成長是人人必須去擔負的自我責任。沒有人能讓我們擁有一顆顧慮周全的心，或能讓我們充分體驗日常生活的豐富多彩。同樣地，無論耐心與親切是多麼地有益於培養「知足」這項美德，但就是沒有人可以強迫我們變得更有耐心，或更親切。至於說冥想可以培養專注力，那就更加明顯了，這是我們必須為自己做的事情。

所以，接下來就要談到問題的核心所在，也正是令我尷尬，卻又無可否認的煩惱根源。

每一天，我陪同尊者與許多靈修上的先進會面，聽過他們當中不少人的冥想經驗。雖然我明知自己的打坐從來無法在不分心的情況下超過兩分鐘。但是，一星期當中，我都要聽聞好幾回不同的修行人在進入睡眠，或技術上稱為「假死狀態」時，在意識流動間的奇妙探險。但每當我夜晚閉上雙眼，我會很快進入的狀態則是充滿沉重與遺忘的冬眠狀態。

我有時會想，如果我是和普通人家一起生活，每天花在看電視的時間和達賴喇嘛花在打坐的時間一樣多，而且大家的內心也都跟我一樣亂糟糟。這樣的話，我也許就不會因為意識到自己的局限性而感到痛苦了。如果我周圍的人都相信，是生活中的人事物使自己快樂或不快樂，而非自己對那些人事物的態度使然，嗯，那我將會被看作是貓族中的智者了。

但上述兩種情況都只是假設說法。**事實是：我因自己的局限而感到痛苦；我也不是智者。**

其實，有好幾次我都感到自己很不足，甚至要努力成為真正的「菩提貓薩」這件事，似乎也毫無意義了。我的冥想功力很差。我有慣性的負面思維。我在大昭寺的生活就像是迷失在巨人國中的侏儒！我個人五花八門的缺點那就更不用提了；好比說，我貪圖大吃的心理陰影讓我每天都要與之奮戰，還有我的身體缺陷，只要一邁開步伐馬上就很明顯，因為我的後腿老是會搖晃。又加上，我有無可挑剔的家世，卻苦無文件證明，而且很可能我這一生都是父母不詳。此事有如尖銳的沙粒般磨刺著我的自尊心，讓我痛徹心扉，卻又……噢，無可奈何！若無公認的證明文件，是很難堅持去相信自己的與眾不同或特殊之處，當然也不敢說自己血統純正了呢。

上述的確是我為了一頓好吃的，在某天上午晃到法郎咖啡館的一路上所有的思慮。當我走過杯晃交錯的餐桌旁，還停下來與馬塞爾彼此用濕鼻子問候一下；自從凱凱進了他家的門，他就對我親切多了。法郎伸出手來撫摸我時，我也咕嚕嚕地回應他，讓他高興一下。然後，我看到侍者領班庫沙里忙著平衡兩手臂上各有的三個盤子，便搶在他前面，登上我在亮面時尚雜誌之間的老地盤，我的私密戲院。落座，然後，「本片現正放映中」。

客人們仍舊是各種各樣的旅人，徒步者、求道者、哈草者，和蹭著運動鞋的退休人士。但我的注意力很快就被拉到一個三十多歲的男人身上，他獨自坐在我身旁，讀著布魯斯・立頓（Bruce Lipton）的《信仰生物學》。這副新面孔長得算是挺俊的，他有著淡褐色眼睛，高額頭，捲曲黑髮，還戴著有點書呆子氣的眼鏡，閱讀的速度可說是狼吞虎嚥，知識的胃納超旺盛。

山姆・戈德伯格（Sam Goldberg）一直是法郎咖啡館的常客。他在一個月前抵達西藏村。發現了法郎咖啡館後就每天都上門來。法郎也很快就認識了這位新朋友。

他倆初次閒聊時，我就聽到山姆原先是在美國洛杉磯工作，被解僱後便來到西藏村渡假。他停留在此地的時間未定。他平均每週讀四本書。他也是個扎根很深的部落客，專門寫有關身心靈的書評。在網路上他有兩萬多名粉絲。

接著，他倆一周前的對話當中出現了一個有趣的可能性。所以，在今天上午後段與午餐開始前的短暫歇息時間，法郎拉了把椅子在山姆對面坐下來。能獲得此項殊榮的客人，真是少之又少啊。

「今天你讀哪本書？」法郎問道，並送上一杯免費拿鐵咖啡。

「哦，謝謝你！你人真好。」山姆只是掃過咖啡一眼，連法郎這個人也只是稍微瞄一下，便又重新盯著書本看。「是達賴喇嘛所評注的《心經》，」他說道。「是經典之一，也是我個人的最愛。我應該已經讀過十幾次了。再加上一行禪師的《理解的心》（Heart of Understanding），我覺得是解開《心經》涵義最有幫助的著作。」

「『緣起』很難懂耶。」法郎說道。

「是最難懂的，」山姆同意道：「若非要求更廣泛的理解，否則無人能超出帝洛巴（Tilopa）口傳給那洛巴的『二十八頌大手印』（Mahamudra Instruction to Naropa in Twenty-Eight Verses），或者班禪一世的《勝利者大道》（Main Road of the Triumphant Ones）。帝洛巴所講述的經文抒情美妙，有時詩句所傳達出的意義遠遠超出文字本身。班禪的教誨則顯得平常多了，但其中的力量和清晰正是你在冥想這類精妙的題旨時會需要的。」

法郎沉默片刻，消化了這段話後說道：「山姆，我很驚訝耶。無論我問你什麼問題，你好像都可以馬上針對主題啪啪啪講出好幾本書名，還外加自己完整的見解。」

「哦，沒有、沒有、沒有。」山姆蒼白的脖子上出現粉紅色塊。

「我猜想你一定得常常更新你的部落格？」

「其實，部落格已經是個結果了，」山姆迅速往法郎身上瞥了一眼，但眼神並沒有實際與他交會，「寫部落格不是原因，是結果。」

「所以，你可以說是隻書蟲嘍？」

「在這個產業裡，當個書蟲會有幫助的。我是說……我……我以前待過的產業……」

「那是什麼產業呢？」法郎很想聊下去。

「賣書。」

「意思是……？」

「我以前在連鎖書店做過事。」

「喔……挺好玩的。」我留意到法郎眼中的一絲閃光。他發現我是達賴喇嘛的貓時，眼中也有相同的閃光。

「我負責的是『身心靈』這個區塊，」山姆繼續道：「我必須很快了解所有新書。」

「那……請問，」法郎說道，他傾身向前，兩手肘靠在桌面上。「電子書和電子書讀者出現後，是不是意味著書店會消失？」

山姆挺直身軀，坐正起來，然後定睛看了法郎一眼，這次眼光停留了至少有一秒鐘。

「我們沒有水晶球可以預言，但是我想還是有一些書店會愈做愈旺。像是那些專賣某類書籍的店。或很會辦活動的那種，也許也會。」

「譬如說，咖啡館書店？」

「沒錯。」

法郎仔細端詳著山姆很久，然後發話道：「過去幾個月來，我一直在想，該如何讓這裡的營業更加多元化。場地我有，而且和用餐區分隔開來，卻一直都沒有善加利用。」他用手指了指咖啡館內那塊閒置區域，那裡要走幾個台階上去，照明也比較足夠，但通常食客們不會往那兒坐。「每天都有很多遊客路過這裡，旅行當中有時會想挑本好書來看看，但在本地商店絕對是買不到的。可問題是，我不懂得如何經營書店。直到剛剛，我才認識到你這位經營過過書店的朋友。」

山姆點了點頭。

「那麼，你覺得怎樣呢？」

「這裡的確具備了成功書店的條件。正如你所說的，也沒有其他競爭者。加上這裡的行動收訊時有時無，要下載電子書也挺不方便……」

「我們的客人大多對『身心靈』方面的書籍有強烈興趣，」法郎插話道：「他們窩在這裡時都在讀這類書。」

「如果他們要的是更全面的體驗，」山姆附和道：「你可以把營業範圍擴大到新書、音樂光碟、或者禮品。」

「佛教和印度的新奇玩意兒。」

「只挑品質好的東西。」

「當然。」

這次，山姆定睛看著法郎，為時整整三秒鐘。法郎眼中的閃光已經綻放出興奮的花朵。山姆與生俱來的害羞，此時似乎也褪去一些。

然後法郎又問：「那你要來幫我嗎？」

「你的意思是……？」

「幫我經營啊，當我的書店經理。」

山姆的臉上湧現激動的表情，過了一會，口中說的卻是：「嗯，很感激你……你、你的邀請，但我恐怕沒辦法。」他的眉頭深鎖。「我是說，我在這裡只預計待幾個星期。」

「你又不必回去工作，」法郎提醒他，語氣有那麼一點強勢起來。「我是提供你一個工作機會喲。」

「可是我的簽證……」

法郎毫不在乎地搖搖手。「我有認識人，可以辦妥那些文件。」

「還有，食……食宿……」

「這裡的樓上是公寓，」法郎說：「我也可以包你食宿。」

雖然如此，但法郎不僅沒有解決山姆的問題，反倒好像把事情弄得更嚴重了。山姆低著頭，滿臉通紅；一開始是他的脖子，然後穩定地逐漸往上擴散，勢不可擋地直到兩頰都紅透了。

「我真的做不了，」他告訴法郎說：「即使什麼都沒問題……」

法郎在他的座位上身體前傾，緊盯著山姆，問道：「為什麼不行？」

山姆目光悲戚地凝視著地板。

「你可以告訴我。」法郎的語氣放軟了。

山姆慢慢地搖搖頭。

過了一會兒，法郎採取不同策略。「你可以相信我，我是佛教徒。」

山姆竟是悲慘一笑。

「除非你告訴我原因，」法郎設法讓他的口氣聽起來既有同情，也有堅持，「否則，我是不會離開的。」

他往後坐，靠向椅背，彷佛真準備要長期抗戰下去。山姆身上的紅暈更加深了些。然後，在很長的暫停之後，山姆兩眼仍定在地面，開了口卻是喃喃說道：「世紀城書店結束營業時，我也被裁員了。」

「這你說過了。」

「事實上，並不是每個人都被解僱。有小部分員工留下來，重新部署。」山姆低著頭，好像很羞愧。

「那你的想法是……？」

「如果我有把工作做好，我也會被留下來的。」

「他們是留下了工作績效最頂尖的人，是嗎？」法郎的聲音很緊繃。「可能還有其他原因啊，也許是這些人的資遣成本特別高，他們都是資深員工嗎？」山姆聳聳肩，然後說道：「我猜多半是吧。但你應該也看得出來……我的人際關係很差。法郎，這方面我很弱。」他終於把目光定在法郎所在的方向。「在學校裡，人家在挑選校隊時，我總是最後那個被挑剩下的。讀大學時，也沒有女孩子肯跟我約會。我不是那種能交朋友的人。我是個災難製造機。」

法郎凝視著面前這個可憐人，他的雙唇顯露出會意卻頑皮的樣子。他默默地示意庫沙里拿一杯濃縮咖啡來。

「嗯，我同意你的說法，」過了一段時間後，法郎開口道：「想像一下，如果讓一個熟悉廚房運作的人跑到桌邊幫客人點餐，會是個多麼大的災難喔。或者，如果客人問你一個問題，你卻給他們半打的替代方案。還真的是個超大的災難啊！」

「不是這樣的……」

「不就是有人來挑足球校隊，結果他們第一眼見到的是你。」

「你知道我不是那個意思……」

「要不，老天爺幫幫忙喔，要不，就是有個單身男子到處在找人約會。」

「我是說，與人交談這種事情，」山姆終於反擊道，語氣還挺猛地：「這種事我不會。」

「你和我聊得挺好。」

「你又不是客人。」

「我從來不去說服別人改點卡布奇諾，我也不期待你去強迫推銷什麼，如果你指的是這一點的話。」法郎說道。

他們倆個平靜地對望，然後法郎說：「**書店要不就是能開成，要不就是開不成。即使你自己不相信，但我還是相信你是那個能讓書店開成的人。**」

上述對話發生在上週末。雖然法郎盡了最大的努力，但是結束時，山姆仍然沒能承諾什麼。自從那天以後，他還是每天都來咖啡館報到，但是，關於法郎這項提議就沒有下文了。我很想知道法郎能夠按捺多久，因為我毫不懷疑他會再次提起這件事。

自從與山姆談過，法郎便約了幾名設計師來看這個他考慮增設書坊的空間，也討論了層架設置和書籍陳設的一些可能做法。但是，他能使山姆改變想法嗎？

從所發生的事實來看，法郎的說服力一點都沒有派上用場。那天上午我才到咖啡館沒多久，便發現山姆正在專心閱讀細胞生物學和表觀遺傳學（epigenetics）的書。更叫我意外的是，旺波格西也來了！

自從法郎追隨旺波格西以來，他很快便發現，追隨老師可說是一把雙面刃。好處是很好沒錯，但相對的也會有要求。特別是追隨像旺波格西這樣毫不妥協的老師時，這把雙面刃的刀鋒還特別銳利。每個星期二晚上，法郎都會走上山廟，聆聽《菩提道次第廣論》課程，但在其他時候，旺波格西也會毫無預警地闖入他的世界，並帶來類似「改變人生」這樣的結果。

有一次，法郎因為店內服務生有嚴重的問題，感到十分彷徨又絕望。旺波格西竟打電話給他，這是前所未有的、自發性的一次電話對談。老師還規定，要他即刻進行每天兩小時持誦「綠度母心咒」。那個週末，法郎的人力資源問題便神奇地自動解套了。

還有一次，法郎的父親從美國舊金山醫院的病床上打國際長途電話過來。法郎花了十分鐘解釋為什麼他現在不可能回家去看他。然後，才剛剛掛上電話，放下話筒，一轉身就發現他的喇嘛就站在身後。旺波格西沒有絲毫遲疑，立即就命令他要把探望父親當作是最優先事項處理。竟然告訴年邁體弱的老人家說自己忙到沒辦法去探望，他以為自己是個什麼樣的兒子呢？他以為自己這條命是誰給的呢？來生他又希望會有什麼樣的父母？是他正計劃著要去投胎的那種態度隨便、不敬的父母呢？或者是會真正關心他的幸福那種？還有、還有，法郎，你還要記得在機場免稅店幫父親準備品質精美的禮物。

於是半小時後，法郎就訂好了返鄉機票。

而今天，旺波格西在平靜的上午時分來到咖啡館，他環顧了那些剩餘的空位後，便直接朝山姆正獨自閱讀的地方走去。他移動時的樣態有著強大的能量，好像他並不是穿著褐色長袍的比丘，只是偶然來露個面；而是更為強勢的存在——也許可說是一頭巨大的、藍黑色的噴火怪物，如同廟裡的唐卡中所描繪的那種。

「我可以坐在這裡嗎？」他邊問道，邊拉出山姆對面的椅子。

「可……可以，可以。」他們周圍的餐桌幾乎都是空著的，但如果說山姆覺得這要求很奇怪，他卻也沒有顯露出任何懷疑的模樣。相反地，他只是自顧自地繼續看書。

旺波格西就座妥當後，他可不打算慢慢來，他開門見山說道：「你在讀什麼書呢？」

山姆抬起頭說：「呃，啊，表觀遺傳學的書。」

旺波格西看了看堆放在空咖啡杯旁的三本平裝書後，又問道：「你喜歡讀書喔？」

山姆點了點頭。

我覺得奇怪的是，那週課後，法郎告訴過旺波格西關於他要開設書坊的事嗎？應該是不太可能啊。旺波格西一向要求學生自給自足就好啊。至於山姆，他根本不知道旺波格西是誰，也許只覺得坐在他面前這個比丘還真不是普通的外向吧。

「最有價值的，」旺波格西對山姆說道：「是與他人分享自己的知識。否則，擁有知識又有何意義？」

山姆抬起頭來看著這位喇嘛，並定住目光。不是他慣常的急速瞥視，而是持續的眼神接觸，並延續了不可能的時間長度。喇嘛的臉上有什麼能定住他的目光呢？使他能安住下來，並讓他感覺到了安全，以及很深的慈悲的，或許是在西藏人嚴厲外表下的一些什麼嗎？旺波格西能定住山姆的目光只是透過他眾所周知的「人格」的力量嗎？或者，還有什麼不同的原因，更不容易解釋清楚的原因嗎？

不論原因是什麼，山姆後來回答時，已經沒有一絲他慣有的害羞樣態。「奇怪，你竟然會這麼說。這裡的老闆還問過我要不要幫他經營書坊呢。」他用手朝著法郎心中規劃的那個地方指了指。

「那你想要做嗎？」喇嘛問道。

山姆面露難色。「我認為我會做不好。」

旺波格西的表情沒變。他再試問一次：「你想做嗎？」

「我不想讓他失望。他會投資很多錢在書的庫存和展示空間上。如果因為我的關係，沒法賺到錢……」

「我知道，我知道。」旺波格西俯身向前，又問了一次：「但是，你想做嗎？」

山姆的嘴角浮現出一個小小的、悲傷的，卻又抗拒不了的笑容。

在他能說出一個字之前，旺波格西便說：「**那麼，你必須得去做！**」

山姆笑得更開了。「我一直在想這件事。想很多。這可能會是個……激勵人心的新起點。但我還是會有點保留。」

「『保留』什麼？」喇嘛的兩道眉毛戲劇性地彎了起來。

「保留嘛？」山姆搜索著心中的同義詞庫。「就是還會有點懷疑、又有點關注、還有很多不確定因素。」

「很正常啊，」旺波格西如此回應他。接著又更慢、更大聲、更深入地把這個詞重新強調一遍：「很……正……常……」。

「我是想把這個機會做個分析……」山姆想要解釋一番。

然而，旺波格西打斷他。「真的不必想太多。」

山姆因為他在認知上的推敲被如此輕易地駁回，大為吃驚，於是緊盯著喇嘛，說道：「你還沒見過我如何和人應對呢，」他繼續道：「普通人而已。」

喇嘛雙手放在臀上，向前挪動身軀問道：「有問題嗎？」

山姆聳聳肩。「可能可以說是自尊心的問題。」

「自尊心嗎？」

「就是不自覺地。」

旺波格西覺得沒道理。「你讀了很多書。知識你是有的。」

「不是那個。」

「在佛教，」喇嘛把頭部後仰，有點挑戰意味似地：**「我們會說，就是人很懶而已。」**

聽到這話，山姆的反應竟與他的習慣完全相反。他不再滿臉通紅。

「鄙視自己，總認為自己不好，老是說『我做不來。』這就是軟弱的心靈。你必須努力克服。」

「但不是經由選擇幫人開店來克服啊……」山姆想抗議，卻顯得微弱。

「對，但你還是必須選擇去克服軟弱。如果持續屈服於軟弱的心靈，那麼會發生什麼事呢？會不斷餵養你的軟弱。結果就是未來的心靈會愈來愈軟弱。所以，要扭轉局面，你必須培養信心！」旺波格西在椅子上坐正了起來，他放在桌子上的拳頭也握緊了。他身上的能量似乎在向四方發散。

「你覺得我可以嗎？」

「不是可不可以，是你必須去做！」喇嘛以有力的口吻告訴他。「和人說話時，你必須睜大眼睛，用強而有力的聲音對著他們講話。」

山姆也在椅子上挪動著身軀，坐得更為挺立。

「你讀過《入菩薩行論》嗎？」

山姆點點頭。

「這部經說的是：**『自信』就該應用在有益的行動上。也就是你在這裡要做的事情，對！有益的行動就是，你必須下定決心說『我自己可以做到。』這就是有自信心的行動。**」

「要睜大眼，聲音也要強而有力嗎？」山姆問道，這回聲音明顯響亮多了。

喇嘛點了點頭說：「嗯，像這樣。」

為了回應旺波格西的能量，山姆似乎也散發出一種全新的感覺。他坐得更端正了，也有種果決的氣勢。他的雙眼不再往下盯著地板看，他直視著旺波格西的眼睛。他們並沒有大聲交談，但在寂靜中似乎有一種不同的、更直觀的溝通正在發生。山姆彷彿覺悟到，他這些關於自尊心的問題都只是他自己的想像而已，都只是些本質上無關緊要的空想。這些都只是些暫時的想法……就像其他想法那樣會出現、持續、消失。這些想法也會被這位喇嘛用更多的、肯定生命的不同想法來取而代之。

他沉默良久後所說的是：「我還不知道您的大名。」

「阿查爾雅・崔江・旺波格西。」（Geshe Acharya Trijang Wangpo）

「該不會是《無學道》（Path to the Union of No More Learning）的作者吧？史蒂芬妮・史賓思特翻譯的那本。」

喇嘛往後坐，靠在椅背上，雙手在胸前交握，看著山姆的神情，不怒而威。「你知道的還挺多喔。」他說道。

稍後，我在走回大昭寺的路上，思考著旺波格西所說的話時，深感困惑。我也和山姆一樣大感震驚，聽到他說佛教認為**缺乏自信心是一種懶惰的變形**，是必須加以克服的軟弱心靈。一談到一般的佛法修持，或者特別針對冥想而言，我免不了會回想起我對自己的不足感。還有就是在大昭寺生活，不時都會被提醒，超然的覺悟是可能的。然而，我自己的冥想做得如此糟糕，似乎不值得繼續修煉下去。

可是，正如同法郎的喇嘛所說，如果我一直屈服於軟弱的心，那又會怎樣呢？結果除了一顆未來會愈來愈軟弱的心之外，還可能怎樣呢？雖然這樣的說法聽來令人不安，也無可避免，但是卻也有一種奇異的、令人信服的加持感。

那天晚上，當我在窗台上準備好我的冥想姿勢時，我的爪子端正地塞在我的身子下方，眼睛半閉，貓鬚保持警覺。然後，我專注於呼吸，這時，我回想起旺波格西的話。

我提醒自己，我有幸和一位完美的典範同住，而且我的四周圍都是些支持我修煉的朋友。要進化成為真正的菩提貓薩的話，再也沒有比我這樣更好的環境了。

只我一個也得做下去！

靜坐課程結束後，我有蛻變成為完全開悟的靈魂嗎？我一改變態度，涅槃的成果有馬上顯現嗎？親愛的讀者，如果我說是，我就是在說謊。靜坐課程並沒有馬上改善自我的跡象；但也許更為重要的是，我對靜坐的感受不一樣了。

從那時開始，我下定決心，不要因為靜坐品質不好，就讓它變成放棄的理由。我不要再用尊者的貴客們——那種奧運選手的水準來評斷我自己的親身經驗。我是尊者貓，我有自己的缺點和弱點，然而，我也和山姆一樣，都有自己的長處。我會靜坐，就像山姆以後和人說話會盡量睜大雙眼，並且發出強有力的聲音那樣。我可能不會把所有關於冥想專注的知識應用出來，雖說我知道的很多。

親愛的讀者，這篇故事還有後續報導喔。這是當然要的啦——這可是最棒的部分呢，你不覺得嗎？意料之外的棒棒糖。芭蕾舞的腳尖旋轉。開車時的緊急換檔。嗯，沒錯，這是我的調調。

本書也是這樣的調調啊。

朋友，你都已經和我在一起這麼久了，無論喜不喜歡，我想你當然也是這種調調的讀者了吻！

首先，我要坦白。

我的心一直都很不定，那天聽到山姆反覆的自我懷疑，向法郎解釋他種種不恰當的感覺。他被書店解僱這件事，勾起他在校隊選拔時被拒絕，覺得自己是沒人要的那種感受。大學時代求愛失敗的事也強化了他不適應人群的悲哀。

許多能力高強的專業人士都沒有求愛的本領，而有些很棒的女性會樂於和最古怪的男子湊成一對，這些事實不知何故都無法扭轉他一心一意想要毀滅自我。想想他是多麼知性啊，但他解釋事情的說法也真奇怪，要不是這麼明顯地讓他痛苦不堪，我還想說這事真是可笑呢。

可是，當我聽到他把許多不相干的經歷湊在一起，詳細鋪陳出他的沮喪，我無可避免地、也要痛苦地承認：我也是那樣。我不也是會任由負面思想的火花去引燃一個個完全不相干的事件嗎？我才一反省完我差勁的靜坐練習，在食物面前不是馬上就會回復缺乏紀律的老樣子嗎？我知道我的身體姿勢有問題，但我還是會想都是因為腿部舊傷，我才會用那種奇怪的樣子走路。這些問題都可以扯到我的童年創傷和血統不明，但這些都是已發生的必然，也都是令人沮喪的。

旺波格西帶來的震撼是，讓我能夠發現到「正面動力」：**正面想法有相乘作用，而且**

會產生最意外的奇妙效果。

據說歌德曾說過一句名言，後來成為許多冰箱磁貼製造商、問候卡和勵志小禮品製造商的最愛。我就直接引述了：「不管你能做什麼，能夢想什麼，現在就動手吧。天才、力量和魔法都會隨膽量而來的。」雖然丹增告訴過我說，歌德從未寫過這類東西，但是，這些字句中自有使人信服的共鳴感。

對自己的靜坐練習變得更有自信後，我發現這會影響到其它事情。**我不會因為小盤裡還有剩，就把春喜太太給的雞肝丁兒吃得片甲不留。遇到尊者與貴客們的會面場合，我也會把尾巴舉得高高地，走進去。為什麼不呢？**

最奇怪的事情是，塔西和沙西——街頭流浪兒變成的兩位小沙彌，尊者曾指示過要他們特別照顧我——他們常常都會來大昭寺的訪客室看我。通常他們會坐在地上五分鐘，搔搔我的脖子。有時候他們會在一旁持咒。

有一天下午，那是我改變了態度的幾天之後，碰巧他們來看我。我們照常打完招呼後，我便在一片精緻的地毯上翻滾，四腳朝天，也讓他們用手指頭在我的肚子上撓來撓去的。

此時，邱俠走進房間。

「非常好。」他微笑著對這兩個男孩點了點頭。

塔西說：「她已長成一隻美麗的貓。」

「是喜馬拉雅貓，」邱俠一邊告訴他們，一邊彎下腰來按摩我那如天鵝絨般的雙耳。「一般情況下，只有很富裕的人家才能養得起這樣的貓咪。」

沙西的目光看向很遙遠的地方好一會兒，然後他說：「這隻貓咪的媽媽是一戶非常有錢的人家養的。」

「是嗎？」邱俠揚起眉毛。

「雖然以前我們住在貧民區，但是我們曾經看過貓媽媽沿著大房子的牆上走著……」

「非常大的房子喔，」塔西插話道：「還有自己的游泳池呢！」

「她會回大房子吃飯。」沙西說道。

「有一天我們跟蹤她，走著走著……」塔西說了前半。

「我們這才找到了那群小貓仔。」沙西接著把事情說完。

「那戶人家有好幾輛賓士轎車，」塔西回憶道：「還有一個僕人，他一整天就是把所有車子擦得亮晶晶。」

邱俠直起腰，站起來。

「多有趣啊。尊者貓或許真的是血統純正的喜馬拉雅貓呢。但是你們知道嗎，我們佛教徒都發過誓，除非是免費贈與，否則我們是不拿人家任何東西的。我在想是否能聯繫到這戶人家，也就是尊者貓原來的出身之處，應該給他們費用才是。」

尊者說：「每當我們為別人做了些什麼，即使他們以為只是例行公事，我們都可以邊做邊想著：『藉此付出愛與幸福的行動，願我能達到解救眾生的開悟境界。』」

第十二章

菩提心：不丹王妃殿下、米奇貓薩家族

每逢國際政要來訪，總會在大昭寺掀起風浪。在這些貴賓親身蒞臨的前幾天，就會有面容冷酷的情報專員先來檢查，廟區的每一櫥櫃內部都不放過。各部會的首長也會先來開會，討論極小的細節。還得花費不少時間精神確認已經顧及了各種可能性。從派發安全人員到附近建築物樓頂的位置，再到為貴賓所準備的衛生紙質地，一切都是為了「萬一」有那種特別需求的話。

這也是為什麼，當我一發現那天尊者要接待的貴賓，她的身分不只是國家領導人，而且是真正的「王妃」殿下時，我好訝異自己竟然完全沒有一絲頭緒。

事前毫無往常為貴賓大肆張羅的跡象；只是在王妃駕臨前半小時來個低調的安全檢查。因為我知道這位皇族是尊者特別渴望見到的人物，寺內如此簡單的安全準備實在有點諷刺。過去，我曾聽到他非常開心地談論年輕的王妃和她的丈夫。王妃擁有非凡的美貌，

而她下嫁的對象則是全世界唯一的佛國，喜馬拉雅山的不丹國王。

當然，我現在說的，正是不丹王國的王妃殿下。

以下資訊謹供那些在學生時代沒有專心上地理課，或看點喜馬拉雅山地圖的讀者參考。我知道，這世間什麼人都有。不丹是個小國，位於尼泊爾之東，西藏之南，孟加拉之北。不丹是個什麼樣的地方呢？也許可以說，你正在吃的「貝果」中，若有一點煙燻鮭魚碎片掉落，就可以完全遮住不丹在地圖上的蹤影，讓你完全找不到。雖然歐洲有一大半的國家也適用於上述說法，但錯過了不丹無疑是個可怕的疏忽。因為，用最簡單的說法，不丹是地球上離「香格里拉」最近的地方。

不丹是個與世隔絕的王國，位於喜馬拉雅山山脊深處，人跡罕至。直到一九六〇年代，不丹才有法定貨幣流通和電話通信，一九九九年才有電視。不丹人民生活的重心，歷來都是培養精神上的財富，而非物質上的享受。不丹的現任國王在一九八〇年制定一套標準，用國民幸福總值，而非國內生產總值，來衡量國家進步。

不丹這個小國瀰漫著奇妙的氣質。在那片土地上，黃金為頂的寺廟群棲身在最匪夷所思的懸崖峭壁邊，經幡飄揚在峽谷深淵間，念經的喇嘛隱身於香煙繚繞的古廟中。而出現在尊者的會客室的年輕王妃更是流露出非凡的氣質。

我一直都在窗台上，在上午的陽光裡打著盹兒，不意聽聞洛桑宣布她的到來。一聽到

「王妃殿下」這幾個字時，我馬上翻身仰臥，頭就倒垂在窗台邊上張望著。

即使是倒著看她，我也能看出她是眾生當中最為精緻者。身材嬌小、熔金般的膚色，富有光澤的深色長髮，迷人的優雅氣質渾然天成。她穿著不丹的傳統服飾「旗拉」（kira）——長至腳踝、繡工繁複的衣裙——簡直就是個搪瓷娃娃。然而，她的一舉一動，純真自然，毫不裝腔作勢，處處流露出她可愛溫暖的性格。

我看著她為尊者呈上傳統的白色布巾，然後把雙手合十在胸前致敬，這也表示奉獻之心。行禮如儀之後，在她完全入座之前，她很快地環視了房內一眼——並立即察覺到我的存在。

我們的眼神相遇，即使那個交會只是瞬間的一個短暫凝視，卻傳達給了彼此最重要的信息。我立刻就知道她是我們這一掛的。

她是愛貓人。

她坐了下來，把膝上的旗拉用手鋪平，這在我看來她似乎在預期些什麼，好像是在為了歡迎我做準備啊。於是，我帥氣地從窗台翻身而下。在地毯上落腳後，便馬上開始演練拜日式，招式華麗地伸展前爪；接著是一套逆轉拜日式，尾巴一揚，戰慄地抖動我的下半身。演練完畢我才走向她的座位。我跳到她的膝上，立即就位，她開始撫摸我的脖子。我憑直覺就能斷定我們肯定是老朋友。

人類之中有極罕見的少數，他們天生就能理解貓族的浮動心情：我們一時之間想要的東西可能和稍後的想望是完全不同的。有些人非得等到我們不得不轉過身，發出尖銳的警告聲，他們才會明白不可以一直一直搔個不停，尤其老是用食指那種。也很少有人明白只因為我們某日狼吞虎嚥、津津有味地吃了烤火雞肉罐頭，並不意味著第二天仍然會對相同的食物有興趣再看一眼。

溫斯頓·邱吉爾（Winston Churchill）不是曾說貓是個謎，難以理解的謎，一團令人想要摟抱的絨毛裡的謎？沒有嗎？我大可發誓，在我最近讀過的一篇關於他的文章裡的確提到了這檔事。若不是親口說出，那他肯定也這麼想過。應該有人去告訴維基百科一聲才是嘛！

再來是阿爾伯特·愛因斯坦。據報他曾說過「音樂和貓提供了唯一一個逃離生活苦難的出口。」請注意，針對其他被人類馴養的物種有那麼多的這個事實，這位二十世紀最偉大的思想家一直出奇地避而不談其他動物哩。這又是怎麼回事兒？親愛的讀者，結論我就讓你自己下囉。

我們貓族可不是機器人，不能被設定成有人下令或按鈴，就會跳起來、坐下，或流口水。你有聽過——巴甫洛夫的「貓」（*Pavlov's CAT**）那種實驗嗎？

*譯注：*Pavlov's DOG*，古典制約最著名的例子，是「巴甫洛夫的狗」的唾液制約反射。

這就是我要講的重點所在。光是那種想法本身，就令人難以想像！不是那樣的。貓族確實是個謎，有時候連我們自己也不懂自己。大多數人願意給予貓咪的尊重，是要看貓咪對增進人類整體滿意度，以及麻煩別人多少的程度而定。然而，真正瞭解我們的人類僅有少數。而不丹王妃正是那少數中的少數精英。

她先撫摸了我幾下，算是初識的禮貌問候。接著，她便把手指收攏，用指尖輕輕搔著我的額頭，微妙的愉悅感引發戰慄，連同令人又驚又喜的刺痛感，沿著我的背脊傳達到尾巴。

我不禁從喉嚨深處發出咕嚕嚕的聲音獎勵獎勵她。

自王妃入座，尊者便一直在向她禮貌地探詢國王和其他皇室成員的健康情形；當然，他也一直注意著我。尊者一向習慣問問訪客，看他們是否介意我待在一旁。因為有些人類，好像會對比利時松露、義大利咖啡或莫札特之類的過敏，甚至會引發強烈的過敏反應。但是，王妃她如此全心全意對待我，尊者自然也沒有必要多問；所以，他只是朝我所在的方向點點頭，然後說：「相當不尋常。從來不曾看過她那麼快就喜歡誰呢！她一定是很喜歡妳的。」

「我也喜歡她呢，」王妃殿下答道。「她真的很高貴動人。」

「她是我們的小雪獅。」

「我相信她為您帶來很大的安慰。」王妃殿下用指尖按摩我深灰色的耳朵，力道用得恰到好處。

尊者輕輕笑了出聲：「她個性很好！」

他倆繼續著各種話題；王妃殿下請教尊者各種法門的練習。與尊者交談時，她繼續著令我愉快的撫慰儀式，不久，我就進入了半夢半醒的極樂狀態；在那種狀態的上空漂浮著他們倆談話的聲音波動。

最近幾個星期，因為上回旺波格西堅定的「當頭棒喝」（與山姆的對話），所以，我為自己每日靜坐的功課，誠懇地付出了努力。也讓自己數次離開舒適圈，來到廟裡，出席許多高階喇嘛的課程。每一次，他們都針對修持佛法的不同方面進行討論。而且每一次，每一種練習都顯得非常重要。

「訓練心念」是所有佛教徒進行各種活動的基礎，老師也鼓勵我們說，不只是靜坐時要培養高度的專注力，每一天之中任何時候都可以練習「正念」。曾有一位喇嘛如此解釋道，**如果我們不能客觀地知覺到自己每時每刻的想法，我們又如何能開始改變？「覺察不了，就掌握不住」**，他是這樣說的。如此看來，「正念練習」是根基所在。

另一位老師解釋，為何說「六波羅密」是我們這個傳承的核心。如果我們不能將「布施、持戒、忍辱」（慷慨、品德、耐心）付諸行動，就講這三個就好，那背誦經文或持咒又有什麼用？老師説，沒有持戒的話，我們所有其他的佛法練習都會失去意義。

還有一位喇嘛解釋，佛陀的教義中關於「真實本質」的智慧，把佛法與其他教義區隔開來。他強調説，這個世界顯現在我們面前的樣態是虛幻的，要理解這項非常微妙的真理需要大量的聆聽、思慮和靜坐。惟有能直接地、而非概念上地瞭解真相的人，方能達到涅槃。

隨著王妃殿下與達賴喇嘛之間的對談，我的思潮也上下波動著；這時，我想起了前一晚我才上過的那堂課。當時，在燈光柔和的廟內，無數的諸佛菩薩以雕像和壁畫的形式，往下照看著我們，尊勝寺中最受敬重的某位「瑜伽師」（修行人）描述了豐富深奧的密法（Tantra）修煉傳統，包括專注於白度母和藥師佛的那些法門。每個法門都有他自己的背誦經文或「修持儀軌」（sadhana），同時也有視覺圖像和搭配的咒語。當晚那位瑜伽師解釋道，如果我們想要快點開悟的話，某些密法至關重要。

誰不想開悟呢？

然而，我愈學習藏傳佛教，就愈覺悟到我什麼都不懂。毫無疑問，教義能啓發我、吸引我，而且，也總是有些新奇好玩的練習。不過，我也常常感到困惑。

對於在我頭頂上方進行的空中對話，我只是一知半解，然後，聽見王妃殿下説這句話時，我突然完全清醒過來。「尊者，我們的傳承中有這麼多不同的修煉方法。這些方法之中，哪一個是最重要的呢？」

她真的好像能讀懂我的心！這就是我想問的問題耶！雖說我並沒有用這麼多的字把它講出來，但這也是我想要知道的！

尊者毫不猶豫地回答：「毫無疑問的，最重要的練習是『菩提心』。」

「希望能覺悟，以便引導所有眾生到那相同的境界。」她進一步確認道。

他點了點頭。**「開悟的心是基於純淨偉大的慈悲心而來，相對的，慈悲心是建立在純粹偉大的愛之上。『純粹』是無條件地平等、公正。」**

「『偉大』意即利益所有眾生，不是只對某些時候剛好喜歡的少數人示好。」

「從我們的角度來看，要享受永久幸福、避免所有痛苦的唯一方式就是達到開悟。這就是為什麼『菩提心』會被認為是最為利他的動機。我們希望得到開悟，不只是為了自己，也是想要幫助其他生命體達到同樣的境界。」

「這樣的動機極具挑戰性。」

尊者笑了笑。「當然囉！把開悟的心從一個不錯的想法轉變為真誠的信念，這是一生的志業。剛開始時，可能會覺得好像只是在演戲。我們可能會想說，『我想要騙誰呀，假裝自己可以成為佛，還要帶領眾生開悟嗎？』但是，一步步地，我們會逐漸理解，也會發現有人已經達成。我們對自己的能力也會愈來愈有信心。我們學會變得比較不注意自己，比較能注意他人。」

「我曾經聽過關於『聖人』一個有趣的說法：『**聖人是比你更關心你自己的人。**』這句話很有用，妳說是不是呢？」

王妃殿下點了點頭，沉思了一會後說道：「贊同『菩提心』的想法是一回事，但能記得將它付諸實踐……」

「是的，能夠在當下念及菩提心是最有用的。我們可以將『菩提心』應用到我們身、語、意的很多行動上。我們的日常生活中充滿了實踐菩提心的可能性——正如佛陀所說，『菩提心』對我們『心念』的正面影響是無法估量的。」

「尊者，為什麼會有那麼大影響呢？」

達賴喇嘛坐著俯身向前。「品德的力量要比負面情緒的力量強得多。沒有什麼品德會比『菩提心』更好的了。我們在培養菩提心時，我們注意的是內在品質，不是外在的。我們所思慮的是他人的福祉，而非只是自我利益。妳看，這是一種全景的角度，不限定於今生這短期的未來。它推翻了我們平常所有的想法。會把我們的心念設定在一個非常不同、非常強大的飛彈彈道上。」

「您說：『日常生活中充滿了實踐菩提心的可能性？』」

尊者點了點頭。「**每當我們為別人做了些什麼，即使他們以為只是例行公事，我們都**

可以邊做邊想著：『藉此付出愛與幸福的行動，願我能達到解救眾生的開悟境界。』同樣的，我們練習『慷慨』（布施）這項美德的時候，無論是捐贈或是照料貓咪，也都可以用相同的想法來練習。」

就在那一刻，我打了個很大的哈欠。達賴喇嘛和王妃殿下都笑了起來。

然後，王妃殿下望著我的寶藍色瞳孔說道：「會將某些人和其他眾生帶進我們生活中的是業報，不是嗎？」

尊者點了點頭。「如果彼此之間連接的力量很強，有時，同樣的眾生會一而再、再而三地出現在我們的生命中。」

「有些人覺得為了動物的利益而大聲唸咒是很蠢的事。」

「不會，這一點也不傻，」尊者說道：「這可是非常有用處呢。我們可以在一個眾生的『心念連續體』中創造那個——該怎麼說呢——好的業力印記。將來合適的條件出現時，便會成熟結果。經典中有許多提到修行人對著鳥兒大聲唸咒的故事。這些鳥兒在下一世便會受佛法吸引，進而得到開悟。」

「所以說，小雪獅一定有些非常、非常之好的業力印記囉？」

達賴喇嘛尊者笑著說：「毫無疑問！」

王妃殿下所說的話很不尋常；但以「後見之明」看來，她接下來要說的更是不尋常。

「如果她有自己的小貓咪，」她輕聲道：「能夠讓我照顧其中一隻的話，將會是我的榮幸。」

尊者不禁拍起手來：「好棒！」

「我是說真的！」

達賴喇嘛望著她的眼神充滿了海洋般浩瀚的仁慈，他說：「我會記得的。」

幾天後的早晨，我信步走進行政助理辦公室。沒有電話鈴響，當天的郵件也還沒有送來。就在這少見的清閒時刻，邱俠泡了熱茶，和丹增一起享用著，茶點則是春喜夫人特製的蘇格蘭奶油酥餅。

「尊者貓，早安。」我用身體揉擦著他罩著長袍的腿時，他彎下腰來撫摸我，問候我。

丹增靠到椅背上問道：「她來我們這兒有多長時間了，你知道嗎？」

邱俠聳聳肩說：「有一年了嗎？」

「不止……」

「她比凱凱早來噢。」

「早多了。」丹增用他外交禮節的優雅咬了一口糖霜酥餅。「不是和那個牛津大學教授差不多時候來的嗎?」

「我來找找確實的日期。」邱俠俯身打開電腦,叫出行事曆。「記得嗎?就是尊者從美國回來的那一天。」

「沒錯!」

「也就是……十三、十四……噢……十六個月前。」

「有那麼久?」

「生老病死。」邱俠說時還彈一下手指,提醒丹增。

「嗯。」

「為什麼要……?」

「我是在想,」丹增說道:「她已經不是小貓咪了。上次帶她去做疫苗接種時,他們建議說要不要讓她摘除卵巢,順便植入寵物晶片。」

「好,我會寫進備忘錄裡,嗯,聯絡獸醫……」邱俠一邊說,一邊把這個寫進他的工作清單。「星期五下午我應該有空帶她去。」

於是，星期五下午，在達賴喇嘛的專車後座，我坐在邱俠膝上。司機仍然是那位司機，還是少提到他的好，他把我們從大昭寺載往達蘭薩拉的現代獸醫院。我不需要寵物箱、食物籃，或是不文明的呵斥——畢竟，我是尊者貓，是達賴喇嘛的貓。下山沿途，我對逐漸開展變幻的山景充滿濃厚的興趣，我的貓鬚也好奇地抽搐著。若要說誰有什麼特別的事，那應該是邱俠急需要被安撫鎮定吧。他緊張地抱著我，低聲喃喃持咒。

威爾金森博士，身材高瘦的澳洲籍獸醫，很快地把我安置在檢查桌面上，接著打開我的嘴看看，然後用光束照我的雙耳，還讓我有點委屈地接受體溫檢測。

「時間好像有點延誤了，」他告訴獸醫道：「沒想到她已經和我們在一起那麼久了。」

「沒關係，她一開始就有打過幾針。」獸醫安慰他道：「最主要的是那幾針。比起上回我看見她，她的體重少了些，這是她得做的。毛皮的狀況超優。」

「我們想要讓她植入寵物晶片，順便摘除卵巢。」

「晶片啊，」威爾金森博士邊按摩著我的身體，邊答道：「這一向是個好主意。總會有人送來流浪貓狗，我們又沒有辦法聯繫到飼主。令人心碎啊。」

然後，他停頓了一下，手也不再移動。「嗯，但是摘除卵巢的事可能要延後了。」

邱俠眉頭皺了一下。「當然不是現在……」

「要等六個星期。也許至少要個把月。」獸醫意味深長地看了他一眼。

但邱俠仍然無法意會。「所以，你的手術都排滿了嗎？」

威爾金森博士微笑著搖搖頭說：「老弟，現在要摘除卵巢是有點太晚了，」他正色對邱俠說：「尊者貓要當媽媽了。」

「那我們要叫他們什麼名字呢？」邱俠在回程的車上爆料時，司機的第一回應是這樣說的。邱俠聳聳肩。我猜，他心裡想的是別的事。好比，該如何向尊者報告這件事。

「媽媽叫『貓煞東』，加上小貓咪的話，那全家就叫做『米奇貓煞家族』好啦？」司機自問自答道。

「是貓『薩』家族！菩薩的薩。」我暗自咕噥著。

後記

地點是法郎咖啡館。畫看板的工人已經好幾天都登上梯子，在畫餐廳的外牆。而法郎相中要規劃為書坊的那一區也暫時被隔開。電鑽和裝修的響聲雖然有盡量消音，變得低沉，但從工人們一直進進出出的混亂狀態，仍可想見在層板之後，從地板到天花板之間，有著各種各樣的改變正在進行中。

任何人來問，法郎都這樣解釋：「法郎咖啡館改裝好後，就會隆重地重新開幕。」基本上一切都和過去一模一樣，但品質會更好；會提供客人更多的服務，也會有更多元化的產品。當然仍會是遊客們的最佳休閒去處。

但是，帷幕後方到底在幹什麼？卻依然籠罩在神祕之中。

其實，對我目前的生活而言，以上的情況也是個貼切的比喻說法。我即將要成為一群小貓仔的母親了。我身體上的改變非常快速，也別具意義。但究竟這對我的意義會是什麼，我也只能猜測。我到底會生出幾隻小貓仔？他們又會以何種方式改變大昭寺居民的生活？他們的模樣會是喜馬拉雅貓，或是虎斑貓，或是各半？

然而，我很確定的一件事情是，達賴喇嘛將會全力支持我。那次去看完獸醫後，邱俠便向尊者報告我的事。尊者一聽到這個好消息，臉上便亮了起來。

「哦……真是超棒的！」他臉上的表情就像個驚喜的大孩子，他邊靠過來撫摸我邊說：「一窩小雪獅的小寶貝們。一定很好玩！」

至於我的身世之謎，我本來一直相信這可能會是個永遠無法解開的謎，但後來卻有了突然而意外的轉變。塔西和沙西說出我的身世的幾天內，邱俠就趁著上新德里去時，也安排他們同行，以便查明我母親所屬的那戶人家。他們不費工夫便找到那棟建築物，但是大門深鎖，只有私家的保全人員在看守著。看起來，並沒有人在那裡生活，也看不到居所附近有貓。他們寫了一封短信，請保全人員轉交給屋主。只是誰也說不準會不會有人回覆。

也許原因有千百種，但我感覺得到我的生活已來到了深刻改變的轉折點。我的生活板塊正在挪移，一切都不再與昔日相同。我感覺到新的興奮，以及新的恐懼。但是，只要有旺波格西生動的形象在我腦海中，我便擁有我所需要的一切。我將創造一個正面積極的轉化。我絕不會有絲毫的閃躲退縮。

尤其，我不會錯過法郎咖啡館的重新開幕，那裡是我生命中發生過很多事情的地方。開幕時間原定為某日的晚間六點，但我早早就下了山。館內整修期間，我的看戲雅座未曾受到波及，現在帷幕、層板等等安全設施都拆除了，整個空間用超大張的紙板包裹起來，還繫上了好大一個紅色蝴蝶結。

開幕時間將近，人群也逐漸聚攏過來。客人可說是形形色色，有西藏村的村民，有各種國籍的常客，也有我認識的大昭寺居民等等。春喜太太也來了，她為了這個值得慶祝的場合，特別做了新設計的髮型。她那一頭黑髮巧妙地用頭巾裝扮，身上戴著黃金珠寶。她身著黑色禮服，墨色眼影，為她原有的戲劇性格更增添了某種歐陸風的……我也說不上來是什麼的……什麼。

邱俠也以凱凱前監護人的身分亮相。法郎很快便領著他走到櫃檯下方，並且向他展示籃子裡的凱凱和馬塞爾，他們剛洗完澡，顯得完美無瑕，脖子上都戴著金紅兩色相間的蝴蝶結。

各種飲料和小點心似乎源源不絕地傳送著，室內的談話聲也愈來愈大。在人群中我瞥見了拍賣市集的派特太太——最近，我經過她店門口時，她仍然會問候我，不過手上都沒有拿著盤子，臉上的神色也有點凝重。

山姆也現身了，他穿著深藍色襯衫和白色亞麻運動夾克，看起來非常溫文儒雅。最近幾個星期他已駐留在咖啡館內，這個熱鬧非凡的活動的幕後推手就是他和法郎。他接受了法郎的提議後，便認真地努力要重塑自己。他掌管書店營運，連續找來幾位出版商的銷售代表洽談，也很清楚銷售點的贈品要如何展示，並以嶄新的自信指示他的手下工作。我看過他向一個木工，用力比著手勢以強調他的意思；這個木工所做的成品大多沒有達到規格標準。

丹增也在人群中，他正得體地招呼著兩位哈佛的訪問學者。旺波格西則站在會場前方靠近蝴蝶結的位置，他的身旁圍繞著尊勝寺的高階喇嘛們。

法郎則是如魚得水般，在會場自在地穿梭。但不同於尋常的是，今天有一位非常有吸引力，三十出頭的女性陪在他身旁。

自從法郎與旺波格西認識之後，他就一直持續轉化著；而每週一次去廟裡上課更是一大助因。黃金 Om 字型耳環及加持彩繩已經是很遙遠的過去了，苦行僧似的大光頭現在也已經換成一頭濃密光澤的髮絲，非常好看；他的衣服不再那麼緊身，顏色也不再那麼暗黑了。

然而，最大的變化是肉眼看不到的。以前那個很會欺負廚房員工和服務生，把他們的生活變成地獄的惡霸老闆不見了。他還是會不耐煩，但他不會再衝動到爆發一陣滿口正義的瘋狂憤慨。現在的他如果不耐煩或生氣了，他自己反而會覺得不好意思。他也不再總是引用達賴喇嘛的名號，或言必稱佛法。我的「仁波切」法號怎麼來的，他也不曾再次提起。甚至已經有好幾個星期，我都沒聽到他說出「佛教徒」這三個字了。

但現在，他身邊的那名年輕女子到底是誰呢？她這個禮拜已經來過咖啡館兩次了。我還記得第一次，她和法郎花了兩個多小時，在人行道上的咖啡桌認真討論的模樣。第二次，他帶她進了廚房，在那兒她花了很長一段時間和扎巴兄弟還有庫沙里說話。

今晚的她身著珊瑚紅禮服，顯得雍容華貴，一頭黑髮直落美背；她的耳垂、頸項和手腕上的珠寶首飾閃閃發光。我覺得她是我所見過的女人之中最好看的一位，她的容貌中有一種能量，一種慈悲心。她散發著無比的溫暖；法郎把她介紹給客人時，大家的心好像都因為她的存在而快融化了。

我在《時尚》和《浮華世界》中間的蓮花軟墊上休息，感受著隆起的腹部和裡面偶爾的胎動。我往外看向聚會的群眾；在這一刻，當下，我感受到很大的滿足，深深感恩所有引領我走向此時此地的一切。

自我成長大師傑克，和在櫃台下方籃子裡躺著的凱凱，他們在相同的時間點進入我的生活。透過他們，我有機會理解到，**嫉妒別人擁有看起來更美好的生活是件愚蠢的事**，也看到了幸福快樂的真實原因是那份心，那份真誠願望，要把幸福快樂帶給別人，要幫助他們從所有形式的不滿中解脫出來，這也正是「愛與慈悲」的定義。

從春喜太太身上，我發現，僅僅「知道真理」是不夠的。我們對真理的認知必須要深化到，能夠在實際上改變我們的行為。這便是所謂的「覺悟」。

從周遭許多練習正念的朋友們身上，我也瞭解到：關注「當下」是多麼重要的一件事，唯有如此，我們才能體驗到日常生活的豐富多彩。**也唯有保持當下的清醒，我們才有能力把「知道」轉化為「行動」**，就更不用說，要讓每一杯咖啡都值回票價了。

在「吐毛球」這件事上，法郎是我的老師，總是想著「我、我的、我自己」的危險是：最後會厭倦自己本身。也是因為法郎，我才發現「佛法」並不是唱高調，不是穿上吸睛的服裝，或自稱為佛教徒而已；佛法是，從你的每一個思想、言語、行動都能表現出其教義。

努力要變得更為開悟，這樣的想法有時可能令人望而生畏，但正如旺波格西所解釋的，要開悟就沒有偷懶或缺乏信心的餘地。**想要真實的生活就必須要睜大眼睛，要大聲說話！**

在這個盛大的開幕聚會上，有一位客人的缺席特別顯眼。那就是，達賴喇嘛。他此時應該已結束了一趟短程的海外之旅，正在從機場回來的路上。儘管如此，他的臨在感，卻是顯而易見的。他本人以及他的訊息：**「我的宗教信仰是慈悲。」**也都與我們在場的每一個人同在。身為藏傳佛教徒，我們的中心目標是「菩提心」，是從幫助一切眾生找到幸福快樂的行動之中，自發而生的。

不斷有人湧進法郎咖啡館，我從未見過這裡如此地人聲鼎沸。當法郎擠到最前面，步上小講臺，準備進行開幕典禮時，這裡可說是間「只有站位」的咖啡館呢。

有人大聲地敲了敲玻璃杯，室內的喧嘩聲迅速降低。

「很感謝你們每一個人的光臨，」法郎說著，同時環視著聚集在周圍的人們。「對我們這群喝咖啡的朋友來說，今天，真是個非常特殊的日子。我在這裡要宣布的事情，不只有一件。我有三件事情要宣布。」

「第一件事情是，因為我父親的健康急轉直下，所以我即將離開法郎咖啡館去照顧他。」

眾人倒抽一口氣，紛紛發出同情及驚訝聲。

「我可能會在舊金山待個半年到一年的時間。」

我注意到旺波格西正贊同地點著頭。

「當我第一次想到我得回去時，我真不知道該拿這間咖啡館怎麼辦。我可不想要結束營業……」沮喪的聲波響起，好像漣漪般迴盪在眾人之間，「但我知道這店也無法獨立運作。然後，大概兩星期前吧，我的運氣真是令人驚訝的好，我認識了瑟琳娜．春喜，她之前曾在歐洲的幾家最頂級的餐廳做過管理工作。」接著，他往那位年輕的紅衣女郎招招手，就是他今晚一直在向眾人介紹的那位。她則微笑著致謝。

「瑟琳娜管理過比利時布魯日（Bruges）的一家米其林二星級餐廳，還有威尼斯的丹尼爾李飯店（Hotel Danieli），最近則是經營倫敦最時尚的一間都會酒館。然而，她不能拒絕母親從西藏村發出的聲聲呼喚，所以，我很高興告訴各位，她已經答應在我離開後，代為經營我們法郎咖啡館呢。」

法郎宣布完第一件事，就響起一陣熱烈的掌聲，瑟琳娜也感激地一鞠躬。春喜太太在旁觀看，臉上閃耀著母親驕傲的光輝。

「長久以來，我一直在想該如何好好使用後面這塊空間，」法郎說時，手也指向他身後那塊隱蔽區。**「我有幾個想法，但不知如何執行。然後，就發生了另一個奇妙的『巧合』，真是『在對的時機出現了對的人』。」**他朝站在附近的山姆點了點頭。

「現在，我想要邀請我的老師，也是今晚的特別來賓——旺波格西為我們新設的書坊正式開幕。」

旺波格西在掌聲中走向講臺上的法郎，然後再走到紅色的大蝴蝶結前面。他正要伸手拉開蝴蝶結之前，突然想起了什麼似的說道：「哦，對了。我很高興來為這間奇妙的新書店主持開幕，」他說話時有點猶豫，卻多了些趣味性。「願這書店的誕生能讓一切眾生，離苦得樂。」

他拉開大蝴蝶結，四周的紙板也應聲打開，露出裡面好幾排在架子上閃閃發光的書籍、音樂光碟片、色彩亮麗的各式禮品。群眾發出一波波激動的吶喊和掌聲。旺波格西招手讓山姆也走上講臺，法郎也微笑歡迎他。山姆搖搖頭拒絕，但是旺波格西繼續堅持。最後，山姆終於站到這兩個男人中間，掌聲也變得更大，直到旺波格西稍稍舉起手，頗具權威的示意，掌聲才稍微停歇。

「這店裡面的書，」他說著，順便指了指書籍前方的分類項目：「大多都很有用處。我知道，因為我全部檢查過了。我想未來幾個星期將會有很多尊勝寺的比丘來參觀。他們可能沒有錢買書，但他們會來檢查檢查。」

旺波格西滿臉嚴肅地說了上述的話，結果讓大家都笑開了。

「為我們選書的人，這位……」他轉身，緊緊抓住山姆的胳膊，「他讀過很多的書。要比我所認識的一些喇嘛還多。他的知識淵博，但就是有點害羞。」旺波格西的眼中閃過一絲調皮的閃光。「因此，大家要對他有點耐心喔。」

旺波格西的一番話似乎為山姆注入了活力，他不再羞赧地低著頭。他回應了旺波格西的微笑，並望向群眾，大聲說道：「我們這裡有很……很棒的書。有經典鉅著，也有新出版的書。我很有把握，這裡所收集的身心靈方面的書籍甚至比美國的大型書店更全面，數量也更多。我很期待，不久就可以在書坊看到大家。」

山姆講完後，響起一陣熱烈的掌聲。在他身旁的旺波格西則露出神祕的笑容。

「大家肯定都很想進入我們的新書坊好好體驗一番，」法郎又接回主持棒，「接下來的消息，大家聽了肯定也會很高興，那就是我們開始接受信用卡了。在各位進入書坊之前，容我宣布第三件事情。那就是，『法郎咖啡館』即日起改名為『喜馬拉雅．咖啡．書』。而且馬上就要生效囉。新的看板已經掛上去了，今晚將首度亮相。」

群眾再次給予熱烈持久的掌聲。

「回想我剛在這兒開店做生意時，我滿腦子都只有食物，而且我也不否認，其實我都只想著我自己。現在，我很高興，因為事情和以往有了很大的不同。現在我們能供應給大家的要比食物多很多。**很幸運地，我們能蛻變成長，遠遠超越『個人的我』**。能與我們團隊合作——負責廚房的晉美和阿旺，現場服務的庫沙里和其他人，現在又多了山姆和瑟琳娜——我感覺，他們都是我的特殊恩典。

「所以，請大家，好好享用食物和飲料！多買些禮物和書吧！期待我從舊金山回來後能夠再次看到你們！」

開幕酒會進入另一個高潮。山姆一站到書坊櫃台後方，急著買書的群眾便已自動排好隊伍等著結帳。在咖啡館這邊，法郎和瑟琳娜穿梭於賓客間，服務人員則忙著補充香檳和飲料。法郎咖啡館，現在有如百貨商場，展現出前所未有的生機，充滿著能量、笑聲和生活樂趣。

這種生機蓬勃的景象，與我第一次來法郎咖啡館，就是差點兒被用力扔上街那次，是多麼不同啊！所以，我在想：「會怎樣？」如果不是天真地期待一頓可口的餐點，如果我沒有走進來這裡，會怎樣？如果不是凱凱需要一個家，如果法郎沒有被旺波格西收為學生，會怎樣？如果山姆不是在對的時間出現在這裡，又會怎樣？

在這一連串的事件當中，有一些既神祕，卻也令人很愉快的東西引導著一切，來到了此刻這個時間點上。

而且，也將延續著帶來更多的事件。

時間很晚了，一開始湧進書店的人潮已漸漸退去，瑟琳娜走到山姆身旁，那裡可以將人群的動態盡收眼底。

「真是一個美妙的夜晚！」她散發出快樂的氣息。

「誰說不是呢？」

我注意到山姆努力不去看地板，而是直接看著她，雖然臉上的笑容有些靦腆。

然後，他們倆同時開了口。

她說：「你先說。」

「不……不……」他手心向上，要她先說。

「我堅持。請你先說。」

從我所在的有利位置，我可以看到山姆的脖子出現紅色斑點。然後像烏雲密布似的，斑點融合在一起，形成穩定上升的深紅色浪潮，直到下巴處，然後突然停止。

「我只是想要提議，」他就說了，但音量實在比所需要的大聲很多。「既然我們會一起工作……」

「嗯？」瑟琳娜引導著他，同時，她把頭髮往後撥，露出了在燈光下微微閃亮的耳環。

「這個主意挺好，只要妳有時間的話……」

「嗯？」她點著頭，鼓勵著山姆。

「我的意思是，也許我們可以找個時間一起……也許，吃個飯？」

她笑了。「我想說的，是同樣的事呢。」

「真的嗎？」

「一定很好玩！」

「星期五晚上？」

「好，就這麼說定了！」她俯身向前，輕輕地在他臉頰親了一下。

山姆緊抓著她的手臂。

剛好，法郎從瑟琳娜身後告別的人群中轉身往回走，山姆從瑟琳娜的肩膀上方看見法郎，他倆心有靈犀似地對望。法郎眨了眨眼。

那天晚上回到家後，我走到我的老地方，躺在窗台上。達賴喇嘛也從德里回來了，正坐在離我不遠的椅子上讀書。

窗戶是打開的，隨著清新的松樹香氣傳送進來的，似乎還有某種東西在空氣中……一種充滿希望的味道。

我看著尊者在閱讀，不禁想起我有多麼幸運，（像今晚這樣的時刻，我經常會沉思），救我的人竟是這樣令人讚歎的人。那一天在新德里街頭的種種回憶仍然常常會不請自來。尤其是最後我被包在報紙裡邊，我微弱的生命力就要棄我而去的緊要關頭。

「非常有趣，我的小雪獅，」過了一會兒，達賴喇嘛把書闔上，走過來撫摸著我，他開口如此說道。

「我剛剛讀的是史懷哲的一生，他在一九五二年獲得諾貝爾和平獎。他是個很有慈悲心的人，也很真誠。我剛剛讀到他說的一句話：『**有時候，我們的光會熄滅，但是在遇上某個人後，就會再次點燃，生出火焰。我們要深深感謝那些重新點燃我們內在之光的人。**』我很認同這句話。尊者貓，妳呢？」

我一邊閉上雙眼，一邊咕嚕嚕地說「讚」。

國家圖書館出版品預行編目

國家圖書館出版品預行編目
達賴喇嘛的貓 / 大衛．米奇（David Michie）著；
江信慧譯 . -- 初版. -- 臺北市：商周出版：家庭
傳媒城邦分公司發行； 2014.07 面;公分（Open
Mind 22）
ISBN 978-957-272-601-3（平裝）

873.57 103009265

Open Mind 035

達賴喇嘛的貓 Dalai Lama's cat
（好評改版）

作　　者／大衛．米奇（David Michie）
譯　　者／江信慧
企劃選書／徐藍萍
責任編輯／賴曉玲
版　　權／黃淑敏、吳亭儀、翁靜如
行銷業務／莊英傑、王瑜、周佑潔
總 編 輯／徐藍萍
總 經 理／彭之琬
事業群總經理／黃淑貞
發 行 人／何飛鵬
法律顧問／元禾法律事務所 王子文律師
出　　版／商周出版
地址：台北市中山區104民生東路二段141號9樓
電話：(02) 2500-7008　傳真：(02)2500-7759
E-mail：bwp.service@cite.com.tw
發　　行／英屬蓋曼群島商家庭傳媒股份有限公司城邦分公司
台北市中山區104民生東路二段141號2樓
書虫客服服務專線：02-2500-7718．02-2500-7719
24小時傳真服務：02-2500-1990．02-2500-1991
服務時間：週一至週五09:30-12:00．13:30-17:00
郵撥帳號：19863813　戶名：書虫股份有限公司
讀者服務信箱：service@readingclub.com.tw
城邦讀書花園：www.cite.com.tw

香港發行所／城邦（香港）出版集團有限公司
香港灣仔駱克道193號東超商業中心1樓
E-mail：hkcite@biznetvigator.com
電話：（852）25086231　傳真：（852）25789337
馬新發行所／城邦(馬新)出版集團
Cité (M) Sdn. Bhd.
41, Jalan Radin Anum, Bandar Baru Sri Petaling,
57000 Kuala Lumpur, Malaysia
電話：（603）9057-8822　傳真：（603）9057-6622

封面設計／張福海
版面設計／浩瀚電腦排版公司
印　　刷／卡樂製版印刷事業有限公司
總 經 銷／聯合發行股份有限公司
地址／231新店區寶橋路235巷6弄6號2樓
電話：（02）2917-8022　傳真：（02）2917-8022

■2014年7月31日初版　　Printed in Taiwan
■2022年09月22日三版2.1刷
定價／320元
ISBN 978-986272-601-3

Tune into Hay House broadcasting at: www.hayhouseradio.com